JN317667

バディ —相棒—

Rena Shuhdoh
愁堂れな

CHARADE BUNKO

Illustration

明神翼

CONTENTS

バディ —相棒— ———— 7

あとがき ———— 213

本作品の内容はすべてフィクションです。
実在の人物、団体、事件などにはいっさい関係ありません。

1

僕は今、とんでもなく緊張していた。

これからＳＰとして要人を警護する任務につく毎日が始まるというのに、緊張なんてしている場合じゃないとは勿論《もちろん》わかっている。

それでも緊張せずにはいられないのは、つい先ほどの発令で、僕の配属先が警視庁警備部警護課の中でも一番のエリート集団といわれる藤堂《とうどう》チームだと告げられたためだった。

「ほ、ほんとですか」

動揺が激しかったため、鬼といわれた教官から発令を聞いたとき、僕は思わずそう問い返してしまった。

「嘘《うそ》のわけがないだろうがっ」

当然ながら教官の雷が落ちたわけだが、ひとしきり怒ったあと鬼教官は、あまりにしみじみとした口調でこう言い、僕の肩を叩《たた》いてくれたのだった。

「藤堂チームは精鋭中の精鋭が集まるチームだ。お前にはちょっと荷が勝ちすぎる部署だと思う。最初は苦労するかもしれんが、持ち前のやる気で頑張れ」

「はい！　頑張ります！」

元気よく答えはしたものの、教官の言うとおり自分にとっては荷が勝ちすぎる優秀なチームへの配属にはやはり緊張してしまい、さっきから藤堂チームの部屋の前で固まったまま、ドアをノックすることもできない状態に陥ってしまっていた。だがいつまでこうしていたって、ただ無駄な時間が流れるだけだ。

何事も当たって砕けろ――いや、砕けちゃ困るが――と、僕はぐっと拳《こぶし》を握ると、その拳でドアをノックした。

「はい」

答える声がドア越しに微《かす》かに響く。

「失礼します」

ノブを握りドアを開こうとしたその瞬間、僕の頭に一瞬ぱっと室内の様子が浮かんだ。正面に座っているのはSPの卵である僕でもご尊顔を存じ上げている藤堂リーダー、彼の背後には長身の男が控えている。他《ほか》にはガタイのいい男と細面の男と――ほんの一瞬浮かんだきりの幻はすぐに僕の頭から消えていった。

おそらくドアを開くと、今、僕が見た幻と寸分違わぬ光景が広がっているのだろう。少々気味が悪いものの、これは僕の癖のようなもので、極度の緊張状態になると、十数秒先の光景が頭の中に一瞬だけ浮かぶのだ。

いつからそんなふうになったのか、はっきり覚えていない。予知能力、というとかっこいいが、ぶっちゃけ僕が『見る』ことができるのはすぐ先の未来——ほんの十数秒先のことだけであり、しかもほんの一瞬の間で、その上いつも見えるわけじゃない。

今までの人生でこの能力？　が役に立ったことは一度もない。今回も少しも役に立たない十数秒先の未来を見た僕は、目の前に広がる『見た』まんまの人物たちを前に、その場で深く頭を下げた。

「はじめまして！　本日付で配属になりました唐沢悠真《からさわゆうま》と申します。よろしくお願いいたします！」

元気がいいのだけが取り柄、せめて挨拶《あいさつ》くらい、と大声を張り上げた僕の耳に、凛《りん》とした声が響く。

「ドアを閉めろ。外にまる聞こえだ。加えて狭い室内でそうも声を張り上げる必要はない」

「……あ、あの……」

淡々とした口調で告げられた言葉が、予想外だったために——僕はてっきり『よろしく』系の挨拶が返ってくると思い込んでいたのだ——意味を解するのが数秒遅れた。

顔を上げて、声の主である藤堂を見やった次の瞬間、彼の眉間《みけん》にくっきりと縦皺《たてじわ》が刻まれたのがわかった。

「何事においてもすぐ行動しろ。まずはドアを閉める」

「も、申し訳ありません……っ」

クールビューティの異名を取る藤堂は、顔立ちにおいても『精鋭中の精鋭』と言われていた。つまり超美形なのだが、美人の怒った顔はものすごく迫力があるものである。それを今まさに体感していた僕は、慌ててドアを閉めたあと、謝罪せねば、と再び彼に向かい深く頭を下げた。

「声が大きいとさっき言っただろう」

途端に藤堂の注意が飛ぶ。

「も、申し訳……っ」

動揺のあまり、またも大きな声で詫《わ》びようとしていた僕の謝罪を、藤堂の冷静極まりない声が遮った。

「藤堂だ。今日からよろしく頼む」

「よ、よろしくお願いします」

にこりともせずに告げた藤堂の声が低かったため、そのトーンに合わせればいいのだとようやく学んだ僕の声もまた低くなる。

それにしても本当に綺麗《きれい》な人だ——と、僕は改めて藤堂の美貌《びぼう》に見惚《みと》れてしまった。一見、ハーフかクオーターに見える、白い肌と茶色がかった髪や瞳《ひとみ》の持ち主である。縁なし眼鏡《めがね》越しに見る瞳は星の煌《きら》めきを宿している、という表現がぴったりの美しさで、濃い睫《まつげ》に縁取られていた。

女性的な容貌であるが、女々しさはまるで感じられないクールな顔立ちである。実は警視庁内に彼の密《ひそ》かなファンクラブがあるそうで、会員数は男女合わせて百人はくだらない、という話だった。

外見もそれは素晴らしいが、彼のバックグラウンドがまた素晴らしい。実家は旧財閥の末《まつ》裔《えい》で、藤堂の祖父は大臣も務めた政治家だそうだ。

藤堂の実家は日本を代表するグループ企業でもあり、一族の長たる彼の父が今、その総帥の座についている。

美しすぎる外見といい、素晴らしいバックグラウンドといい、そのどちらかだけでも類《たぐ》い希《まれ》な存在だが、藤堂は加えて警護の仕事の能力も飛び抜けているというものすごい人物である。

SPの中でも藤堂に憧《あこが》れ、是非彼のチームで共に働きたいと願う者は多いというのに、どうして僕のような、特殊訓練中の成績も真ん中くらい、射撃の腕だって武道だってたいしたことないという、平凡この上ない人間にそのチャンスが巡ってきたのだろう。

僕なんかよりよほど相応《ふさわ》しい同期はいくらでもいたというのに——藤堂の第一声にすっか

り臆《おく》してしまったせいか、そんな後ろ向きな思考に捕らわれかけていた僕だったが、藤堂が立ち上がったのにはっとし、彼へと改めて視線を向けた。

「チームメンバーを紹介する。右から順番に姫宮良太郎《ひめみやりょうたろう》、星野一人《ほしのかずと》、そして彼が篠諒介《しのりょうすけ》。それぞれに自己紹介を」

やはり笑顔の欠片《かけら》もなく、名前だけを告げると、再び藤堂は席につき、開いていたパソコンの画面を目で追い始めた。

これ以上、僕にかかわっている暇はないということなんだろうか、と落ち込みかけていると、先ほど藤堂が紹介してくれた順番に皆が自己紹介を始める。

「姫宮良太郎です。よろしく」

「星野だ。よろしくな」

「篠と申します。どうぞよろしくお願いいたします」

それぞれ僕に名乗ってくれた彼らは、なんというか——それぞれに特徴的な人物だった。皆、いかにもSPらしく揃《そろ》いの黒スーツを着用しているのだが、受ける印象が三者三様なのだ。

まず姫宮、彼は物腰の柔らかさが際立っていた。声も優しく、にっこり、と微笑《ほほえ》む顔にも温かさが感じられる。

何か違和感のようなものがあるのだが、それはもしかしたら彼の綺麗に整えられた眉《まゆ》のせいかもしれない。純和風の美形であり、三人の中で一番愛想がよさそうなのは彼だった。

そして星野、彼は見るからに『マッチョ』、筋骨隆々としていることに加え、身長は軽く百八十センチを超している。下手したら百九十くらいいってるかも、というガタイのいい男で、ラテン系にも見える男くさい顔立ちをしているハンサムガイだ。

最後の篠という男は、先ほどから藤堂の背後に影のように佇《たたず》んでいた人物で、やはり酷《ひど》く整った顔立ちをしていた。物静か、というイメージをなぜか抱かせる彼の特徴は『声』で、腰に来るとでもいうんだろうか、バリトンの美声の持ち主である。

三人が三人とも超がつくほど顔がいい。エリート集団といわれる藤堂チームだが、顔審査もあるのか、と思わせるほどの整いっぷりだ。

そうなるとますます僕が選ばれた理由がわからなくなるのだが——と己の平凡な顔に思わず手をやってしまった僕に対し、篠がまさに『腰に来る』バリトンの美声で話しかけてきた。

「藤堂チームにはもう一人、百合香《ゆりかおる》というメンバーがおります。怪我《けが》により半年ほど休職、リハビリに専念しておりましたが、本日より出勤予定です。唐沢さんのバディは彼になります」

「バ、バディ?」

新人の僕に対し、やたらと丁寧な口調であることにも戸惑いを覚えていたが、急に知らない単語が出てきたのでつい、問い返してしまうと、

「失礼しました。説明させていただきます」

篠は更に丁寧な口調になり、軽く頭を下げたあとに再び口を開いた。

「我々のチームでは、ＳＰが常に二人一組で行動します。そのパートナーのことをバディと呼ぶのです」

「『相棒』って意味だよ。最近、テレビでも『バディもの』なんて言い方、よくしてるだろ？　ドラマとかでさ」

と、横から星野が説明を補足してくれ、そういえば聞いたことくらいはあったかも、と無知な自分を恥じつつ「……はい」と頷《うなず》いた。

「俺のバディは姫、ボスのバディは篠だ。で、君のバディが百合さんってわけ。わかったかな？」

ガタイのいい星野は性格もラテン系らしく、気安く笑いながらそう教えてくれた。

「ありがとうございます」

礼を言った僕の声に被《かぶ》せ、星野の巨体の向こうから姫——というのはおそらく、姫宮のニックネームなのだろう——が、ひょい、と顔を覗《のぞ》かせ、僕に話しかけてきた。

「かおるちゃんはウチのチームの中でも精鋭中の精鋭よ。面倒見もいいから、いろいろと教えてもらうといいわ。公私共に、いろいろとね」

「……え……？」

にや、と笑う姫宮の言葉遣いに驚きすぎたせいで、つい戸惑いの声を上げてしまった僕に、星野が「ああ」と笑いかける。

「なんでここにオカマがいるんだって驚いたんだろ？　気持ちはわかるが、ま、慣れてくれ」

「失礼ね。アタシはオカマじゃないわ。女形《おやま》よ」

「……え？」

むっとした様子で星野を睨《にら》む姫宮の言葉にまたも驚きの声を上げる。と、そのとき、それまでパソコンに向かっていた藤堂のキーボードを打つ手が止まり、視線を僕らへと向けてきた。

「……っ」

厳しい眼差《まなざ》しに思わず息を呑《の》む。姫宮や星野が、しまったというように首を竦《すく》める中、一人篠だけは少しも動じず藤堂に向かい、なんでしょう、というように彼を真《ま》っ直《す》ぐに見返した。

「それぞれ自己紹介が済んだら、仕事の指導を頼む。百合の到着はあと十分ほどかかると今メールがあった」

「はい。わかりました」

返事をしたのは篠だけで、姫宮と星野はそそくさと自分たちのデスクへと戻っていってしまった。

「こちらが唐沢さんの席です」

僕が案内されたのは、姫宮の隣の席だった。机上には電話とノートパソコンがあるだけで、他には何もない。姫宮や星野の机の上にはパソコンすらない、と思っていると、彼らは机の引き出しを開け、おそらく僕に用意されたのと同機種のパソコンを取り出し、コードに繋《つな》ぎ始めた。

「帰宅時、机の上には書類など何も置かず、すべて引き出しにしまい施錠するのが基本です。唐沢さんもその点、徹底してください」

「はい」

情報漏洩《ろうえい》に極力気をつけるということだろうと思いつつ頷くと、篠が、

「どうぞお座りください」

と僕のために椅子《いす》を引こうとする。

「じ、自分でやりますので」

篠の正確な年齢はわからないが、見たところ二十代後半ではないかと思う。年齢だけでなく立場でも、彼がぺーぺーの新人である僕以下であるわけがなく、その彼に椅子を引いてもらったり、何より丁寧語——という以上に敬語で話しかけてもらうのはなんとも居心地《いごこち》が悪かった。

慌てて椅子を自分で引き、そんなに丁寧に接しないでほしい、ということをいかにして伝えようかと篠を見やる。

「なんでしょう」

僕の視線を受け、篠がにっこりと微笑み、問いかけてくる。

「あ、いえ……」

上手い言葉が見つからず口籠《くちごも》った僕に対し、篠はまたにっこりと優しく微笑むと、

「どうぞお座りください」

すっと右手を出し、僕に椅子を示した。

「は、はい……」

言われたとおり、腰を下ろしかけたが、篠が座る気配はない。

「あ、あの……」

先輩を立たせておいて後輩の僕が座るわけには、と中腰のまま篠を見やると、篠はふっと笑い、気にしなくていい、というように首を横に振った。

「これからパソコンの操作について説明をさせていただこうと思っています。唐沢さんに座っていただかないと説明ができませんので」

「し、失礼しましたっ」

そう言われては座らないわけにはいかず、慌てて腰を下ろすと、篠は僕のすぐ後ろに立ち、

腰を屈《かが》めるようにして僕に指導を始めた。

「まずパソコンを立ち上げてください。それから……」

パスワードを初期状態から自分のものに変更すること、電子メールの設定方法、部署内イントラについて、など、篠は一通りの説明をしてくれたのだが、彼の教え方には一つの無駄もなく、かつわかりやすかった。

「間もなく、百合が参ります」

篠がちらと腕時計を見やり、そう告げる。僕も時計を見ると、藤堂に指示を受けてからきっちり九分が経《た》っていた。

簡潔でわかりやすいだけじゃなく、僕の、ええとなんだっけな——そう、バディが来るまでの間に、説明を終えることまで彼は考えていたのだ。

さすがだな、と思うと同時に、改めてこの藤堂チームが精鋭軍団ということを思い出し、今更ながら緊張が高まってきた。

「何かご質問がありましたら、どうぞ」

なんなりと、と篠が微笑む。どうして僕に敬語を使うのですか——ということも勿論聞いてみたかったが、それ以上に聞きたいことがあった。

「あの、百合さんというのはどんな方なのでしょう」

藤堂のクールな挨拶にまずビビり、続いて姫宮のオカマ口調に驚き、星野の気さくさに少し救われる思いがし、そして篠の丁寧さに居心地の悪さを感じ——と、藤堂チームは皆それぞれに特徴的といっていいキャラクターの持ち主である。

そんな中、僕のバディになるという百合香という人物はどんな女性なのか、顔を合わせるより前に彼女の情報を仕入れておきたいと僕は思ったのだった。

「『どんな』というのは、たとえば年齢や階級ですか?」

僕の質問が漠然としすぎていたために、篠が少しだけ困った表情になり問い返してくる。

「し、失礼しました」

慌てて詫び、まずはそのあたりを教えてください、と言おうとしたとき、横から姫宮が笑いながら話しかけてきた。

「めちゃめちゃ優秀なSPよ。藤堂チームの花形。射撃の腕もピカ一で、オリンピック候補に挙がったこともあるのよ」

「とても優秀な女性なんですね」

精鋭が集まる藤堂チームの花形、しかも射撃はオリンピック選手の候補に挙がるほどの腕前。それが女性であるなんて、と半ば驚き、半ば感心した僕の頭の中で、『百合香』のビジュアルイメージが広がっていく。

なんとなく楚々《そそ》とした美人じゃないかと思うのはその綺麗な名前のせいだ。一見たおやかな美女、しかしいざことが起きると、誰《だれ》より俊敏に動き、要人を守る。

かっこいい――と、うっとりとしてしまっていた僕の耳に、ぷっと吹き出した姫宮の笑い声が響いた。

「え?」

「ああ、そうよね。『百合香』じゃあ、勘違いするわよね」

けらけらと笑い始めた姫宮の前では、彼のバディの星野が、

「確かに、そうだわな」

と、同じように吹き出し、大きな声で笑い出す。

「あ、あの……」

二人は一体何を笑っているのだろう。もしかして精鋭中の精鋭である彼らは僕の頭の中が覗けるのだろうか。

自分で想像した女性にうっとりしている僕の馬鹿さ加減を笑ってるのか。でもまさかそんな、エスパーでもあるまいし、人の想像の世界を覗くなんてこと、普通できるはずがない。

それなら何を笑っているのか? と、再び彼らに問おうとしたとき、ノックもなしに扉が開いたかと思うと、そこからガタイのいい大男が「よ」と片手を上げて入ってきたものだから、何事かと僕は驚いて彼を見やった。

男の姿が目に飛び込んできた瞬間、僕は自分が映画かテレビの世界に入り込んだのではないかという錯覚に陥ってしまった。

というのも、今部屋に入ってきた男が、あまりにも絵になっていたからだ。百八十センチを超す長身、黒いスーツ姿ではあるけれど、ネクタイはしておらず白いシャツのボタンを三つも外していた。下着代わりのTシャツを着ていないので逞《たくま》しい胸板が見える。広い肩幅、長い足、高い腰の位置。外国人のショーモデル並み、いや、それ以上にスタイルがいい。そして顔は、モデルやハリウッドスターにも、ここまで『かっこいい』といわれる男はいまい、というほど、整っていた。

一言で言うと『ワイルド』――酷く男くさい顔だが、粗野な印象はまるでない。それは彼の顔立ちが端整すぎるほどに端整であるためではないかと思われる。

凛々《りり》しい眉、外国人のように綺麗に二重の入った瞳、通った鼻筋、形のいい唇と、非の打ち所のない顔というのはきっとこういう顔をいうんだろう。

藤堂も超美形だが、この男も違うカテゴリーでの超美形だ。いつしかぽかんと口を開け男に見入っていた僕の時間は止まっていたが、周囲では当然ながらしっかり時が動いていた。

男が姿を現した途端、姫宮と星野が顔を見合わせ、今まで以上に笑い転げ始めた。

「姫、ランボー、何笑ってんだよ。外まで声、聞こえてるぜ」

呆然《ぼうぜん》としている僕の前で男が、二人に声をかける。

『姫』は姫宮だが、『ランボー』というのは星野のことだろうか。言われてみればあの映画の主人公に似ていなくもないかも――本来ならこの男は誰なのかと、そっちを考えるのが先決だろうに、それをすっかり忘れ、そんなことを思っていた僕の耳に、藤堂の凛とした声が響いた。

「百合、挨拶を省略するな。礼儀はＳＰの基本だ」

「……え……」

今、藤堂の視線は真っ直ぐにあの男へと――ワイルド系の超美形へと向いている。ということは、とようやく思考力を取り戻しつつある僕の前で、いきなり男が藤堂に向かってわざとらしいくらいのビシッとした敬礼をしたかと思うと、藤堂以上によく響く声で己の名を告げたのだった。

「百合香、ただいま復帰いたしました！　休職中は多大なご迷惑をおかけし、申し訳ありませんでしたっ」

「ええーっ⁇」

百合香――男だったのか、と驚いたあまり大声を上げた僕を見て、姫宮と星野が爆笑する。

「それ、そのリアクションが見たかったのよ～！」

「さすが新人、素直で可愛《かわい》いぜ」

げらげら笑う二人に、そんなに笑わなくても、と僕は抗議しようとした。『百合香』という名前を聞いて、男だと、しかもこんなにハンサムな男だと――ハンサムは関係ないか――予想できる人間がどれだけいると思ってるんだ。勘違いする確率のほうが高いだろう。だい

たい、最初から『男だ』と教えてくれればいいのに、人の勘違いを物笑いの種にするなんて酷いじゃないか。

「あのっ」

警察ほど上下関係に厳しい縦社会の組織はないといわれている。僕も勿論先輩にたてつくつもりは毛頭ない。だが、明らかに先輩のほうが誤ってると思うことは、それが先輩だから流そう、というふうな考えには僕は至らない。

間違いは間違いだ。明らかに先輩に非があると思ったときには、それをぶつけるべきだ。その持論を同期に話すと「馬鹿か」と呆《あき》れられるか「やめとけ」と諭されるかどちらかとなる。でも言わずにはいられないんだ、と、未《いま》だにげらげら笑い続けている姫宮と星野に断然抗議しようと拳を握り締めたそのとき、男の――百合の視線がいきなり藤堂から僕へと向けられた。

「……あ……」

気配を察し彼を見やったその瞬間、バチッと音がするほど百合と目が合う。百合には目力がある、とでもいうんだろうか。なぜか少しも視線が外せなくなった。

見つめ合った時間はほんの数秒、下手したら一秒切っていたかもしれないのに、僕の中ではまた時間が止まったかのように周囲の物音も映像もまるで耳にも目にも入らなくなっていた。

今まで体験したことのないそんな感覚に戸惑いを覚えることすらできずにいた僕だったが、百合がニッと笑ったその顔を見て、はっと我に返ることができた。

「ああ、新人が入るんだったな。このチビちゃんがそうか？」

「な……っ」

『チビちゃん』という言葉を聞いた途端、僕の頭にカッと血が上った。

子供の頃から僕は警察官に——その中でもSPになることをずっと目標に日々努力を続けてきた。武道の心得が必要だからと習いに行ったり、語学が堪能である必要があると、英語とフランス語を必死で勉強もした。

警察官になるのも勿論、それなりに大変ではあるが、その中でSPになるハードルはかなり高く、たとえば射撃は上級でなければならないとか、剣道または柔道が三段以上じゃなきゃならないとか、そういった必須条件をクリアしなければならず、運動能力面だけでなく精神面も鑑《かんが》みられた上で上司の推薦を得てようやく『候補』となる。候補者は三ヶ月の特殊な訓練を受け、その間にまた人数を絞られるという、まさに『狭き門』なのだ。

どうしてもSPになりたかったので、努力でなんとかなることに関しては必死で頑張った。だが、努力だけではなんともならない『条件』が一つだけあり、それが百七十三センチ以上、という身長制限なのだった。

亡くなった父はガタイがよかったそうだが、母が小柄だったからだろうか。僕の身長はなかなか伸びず、やきもきしたものだった。

背を伸ばしたいと、鉄棒にぶらさがったり牛乳を毎日一リットルも飲んだりと頑張ったが、それで背が伸びるほど人間の身体《からだ》は甘くはできてない。それでも百七十三センチという、SPの身長制限まで気力でなんとか身長を伸ばした。

身長制限が百七十三センチ以上、ということは、中では百七十三センチの僕が一番チビということになる。訓練中も背の低さを同期たちによくからかわれたものだった。

身長ばかりは努力ではいかんともしがたい。もともと背が低いことはコンプレックスだったこともあり、それで僕は『チビちゃん』という、どう聞いても蔑称《べっしょう》だろう、と思《おぼ》しきその単語についブチ切れてしまったのだった。

「チビってなんですか！　ちゃんと身長は規定の百七十三センチあります！　文句を言われる筋合いはありません！」

切れはしたが、やはり相手は先輩という頭がどこかで働いていたんだろう。無意識ではあったものの僕は怒鳴りながらも一応敬語を使っていた。

「へ？」

だが僕の怒声を正面から受け止めた百合に素《す》っ頓狂《とんきょう》な声を上げられた挙げ句、ふざけているとしか思えない言葉を返された瞬間、微かに残っていたであろう僕の理性は綺麗に吹っ飛んでしまったのだった。

「誰も文句なんか言ってないだろ。チビちゃん、血の気が相当多いな」

「だから『チビちゃん』はやめろって言ってんだよっ」

怒鳴りつけた途端、室内の空気がピンッと張り詰めたのがわかった。

「……あ……」

新人が先輩を口汚く罵《ののし》る。警察内では——特に警護課内ではあり得ないことを今、まさに僕はしてしまったのだ。

先ほど藤堂も言っていたが、礼儀はＳＰの基本だ。それをいきなり配属されてまだ一時間も経たないうちに、相反する行動を取ってしまうとは、と僕は自分の行動のとんでもなさに今更のように気づき、もうどうしたらいいんだろうとほとんどパニックに陥ってしまった。

「あ、あの……っ」

怖くて顔を上げられないが、きっと皆の視線は僕に突き刺さってるに違いない。どうしよう、まずは謝罪だ、と顔を上げたそのとき、藤堂がすっと席を立ったのが視界を過《よ》ぎり、僕ははっとして彼を見やった。

「百合、彼は『新人』でもましてや『チビちゃん』でもない。唐沢悠真という名がある。人事データは昨日送ってあるはずだ。写真も添付してあったはずだが、まさかチェックせずに来たわけではないだろう」

淡々とした口調で藤堂が百合に問いかける。部屋の空気はますますピンッと張り詰め、更に緊張感が増していった——はずなのに、それに対する百合の答えは実にふざけたものだった。

「申し訳ありません。勿論読んできています。ジャストジョークです、ボス」

またも大仰な敬礼をし、真面目《まじめ》な顔で答えてみせる。顔や行動が真面目なだけ、倍ふざけて聞こえる、と、むっとしつつも、よく藤堂にこんなこと言えるな、と半ばビビり、半ば感心していた僕の前で、藤堂はすっと目を伏せたかと思うと席につきながら、一言、

「笑えないジョークだ」

ぼそりとそう言い、じろ、と百合を睨んだ。

「ボスの笑いの沸点は高い」

それに対する百合の発言も実にふざけたものだったが、藤堂は相手にしていられないとばかりに再び目を伏せると、厳しい口調でがらりと違う話をし始めた。

「遊んでいる暇はない。先ほど板倉《いたくら》チームから応援の要請があった。国立科学博物館で開催中のシンポジウムに出席する文部科学大臣の護衛の補充を頼みたいとのことだ。四名欲しいというので、姫宮、星野、百合、それから唐沢で向かってくれ」

「はい」

「わかりました」

姫宮、星野が即返事をし、部屋の外へと駆けていく。

「あ、あの……っ」

今配属されたばかりだというのに、いきなり任務――？　そんな、まだ心の準備もできてないのに、と動揺したあまり、恥ずかしいことにその場で固まってしまっていた僕は、背中を痛いくらいの力で叩かれ、はっと我に返った。

「行くぞ、チビちゃん」

「……な……っ」

また『チビ』か――背を叩き、そんなふざけた呼びかけをしてきた百合に対する怒りが再燃し、またも僕は『礼儀』の心を忘れ彼を怒鳴りつけようとしたのだが、

「早くしろ」

という藤堂の厳しい指示を聞いてしまってはもう、怒鳴るどころではなくなってしまった。

「申し訳ありませんっ」

振り返り深く頭を下げた僕の耳に、苛立《いらだ》ちを隠せない藤堂の声が響く。

「謝罪はいい。早く行け」

「申し訳……っ」

「謝罪はいいってさ。ほら、行くぞ、チビちゃん」

はっとし、『いい』と言われているのに再度謝ろうとしてしまっていた僕の背中を百合がどやしつけ、失礼極まりない呼びかけをしてくる。

憤懣《ふんまん》やるかたなし、といった心境だったが、今は怒りを爆発させてる場合じゃない、と僕はむっとする気持ちを心の奥へと押し込めると、

「早く!」

と叫び、先に駆け出した百合の背中を追って部屋を飛び出したのだった。

2

別室で拳銃《けんじゅう》を受け取り、用意されていたホルスターを身につけ、上着を着込む。

「防弾チョッキは?」

「着用は不要だろう」

姫宮も星野も、そして僕を相当むかつかせている百合も皆、きびきびと支度をする中、僕だけが一人もたもたしてしまっていた。

さっき配属になったばかりなのに、もう現場に向かうことになるなんて、夢でもみているとしか思えない。しかもとびきりの悪夢だ。

落ち着け、落ち着け、と自分に言い聞かせ、思うようにホルスターを装着できない自分の指先に神経を集中させようとする。

大丈夫、ちゃんと訓練は積んできたじゃないか。訓練中は一度もミスを犯したことはなかった。実際の現場でも大丈夫なはずだ。

必死でそう思い込もうとするのに、やはり指先が震えてしまってなかなかベルトを装着できない。ああ、もう、と舌打ちしそうになっていたそのとき、不意に目の前に人影が差したかと思うと、

「貸せ」

と伸びてきた手が僕からベルト部分を奪い取った。

「……あ……」

装着に手を貸してくれたのは百合だった。見るに見かねたということだろうか、と彼を見る。

「行くぞ」

きっとからかわれるに決まってる、と思ったのに、百合は手早く僕にショルダーホルスターをはめたあと、上着を手に颯爽《さっそう》と部屋を出ていった。

「はいっ」

僕も急いで上着を着ながら彼のあとを追う。車は星野が運転し、助手席には姫宮が座った。一番遅れて駆けつけた僕は「早く！」と叫ぶ百合と共に後部シートへと乗り込んだのだが、車が走り出した途端、助手席から姫宮が振り返り、にっこり笑いかけてきた。

「初仕事で緊張するのはわかるけど、舞い上がらないようにね」

「はい」

頷いた僕をまじまじと見やったあとに、姫宮が苦笑する。

「インカム、忘れてるわよ」

「あっ」

言われて初めて僕は、まだインカムを耳に装着していないことに気づいた。もしかして忘れたかも、と慌ててポケットに手を突っ込んだ僕の目の前に、

「ほら」

とインカムが差し出される。

「あ……」

手の主は隣に座っていた百合だった。やっぱり控え室に忘れていたのを、彼が持ってきてくれたんだろう、と気づき、僕は慌てて彼からそれを受け取ろうと手を伸ばした。

「あっ」

途端に百合がひょい、とインカムを持ち上げ、僕の手が空を摑《つか》む。

「あの……っ」

ふざけているとしか思えないその行動に、思わず声を荒立てかけた僕に、

「冗談だって」

と百合は笑うと、ほらよ、とインカムを僕に投げてくれた。

「……ありがとうございます……」

相変わらず僕を馬鹿にしている様子の百合に対し、はらわたが煮えくり返っていたが、これから任務に当たるというこんなときに怒ってなんかいられない。

無視だ無視、と僕はインカムを受け取るとそれを耳にはめ、それからあとは百合のほうを見もしなかった。

その間に百合はシャツのボタンをきっちりと一番上まではめ、ポケットに仕舞っていた紺のネクタイをきゅっと結んでいた。

「鏡も見ないでよくできるわねー」

助手席からバックミラー越しにその様を見ていたらしい姫宮が感心した声を上げる。

「いきなりの仕事復帰だけど、緊張はしてないみたいねえ」

さすがはかおるちゃん、と姫宮が呼びかけるのに、百合が、

「俺は常にリラックスモードだぜ」

と答えたあと、その様子をそっぽを向きつつも横目で見ていた僕の顔を覗き込んできた。

「なっ」

「チビちゃんもリラックスだ。大丈夫、訓練以上に難しいことが現場で起きた試しはないぜ」

「…………」

ここで僕が絶句してしまったのは、あろうことか、百合がぽんぽんと僕の頭を掌《てのひら》で叩い

てきたためだった。

やめんかい、という言葉が喉元《のどもと》まで込み上げてきたが、我慢我慢、と必死で飲み下す。間もなく国立科学博物館だ。ここで無意味な言い争いをしている場合じゃない。

ああ、僕ってなんて大人なんだろう。それに比べてこいつは、と僕はへらへら笑いながらようやく頭から手を退《ど》けた百合をじろりと睨んだ。

「せっかく可愛い顔してるんだから、笑おうぜ」

僕の睨みなど怖くない、とばかりにまたも百合がふざけたことを言ってくる。

「かおるちゃん、いくら可愛いからって新人苛《いじ》めちゃ駄目よ。これから初仕事なんだし」

見かねた——のだろう、多分——姫宮が、フォローを入れてくれる。すみません、と頭を下げようと彼を見ると、バチ、とものすごい勢いのあるウインクをされ、思わず絶句してしまった。

あの濃い睫は地毛なんだろうか。まさかつけ睫ってことはないだろうけど、と、つい注目しそうになっていた僕の頭をまた、百合が叩く。

「俺も復帰後初仕事だ。頑張ろうぜ」

「……はい……」

お前に言われなくても頑張るに決まってるだろう、と心の中で思いはしたが、やはり『大人』の僕はそれを口に出しはしなかった。

「…………」

なのに百合は僕の返事にさも不満そうな表情をし、じっと顔を覗き込んでくる。なんなんだよ、と思ったが、ここで『なんですか』と聞けばまた腹の立つことを返されそうな予感がしたので、あとは無視を決め込むことにした。

「ああ、もう到着ね」

変な沈黙が車中に流れる。その沈黙を破ったのは姫宮の呟《つぶや》きだった。車窓から外を見て、国立科学博物館のすぐ近くまで来ていることに気づく。

よし、頑張るぞ、と密かに拳を握り締めた僕の横で、おもむろに百合が口を開いた。

「訓練中に教官から説明があったかもしれないが、最近テロ活動が活発化している。かなり規模の大きな組織が定期的に活動しているという話、聞いたことがあるか？」

「あ、はい」

確かに講義中、そんな話をちらと聞いたことがあったので頷くと、

「そうか」

百合はニッと笑い、僕に頷いてみせた。

「それならわかっていると思うが、決して油断はするな。緊張はしなくていいから、気を引き締めていけ。いいな？」

「はい」

言われなくても気くらい引き締めるよ――そのときの僕は、百合の言葉をまるで素直に聞けない状態だった。

よく考えれば、いや、考えなくとも、百合はSPとして大先輩に当たる。その言葉に耳を傾ける気がしないなど、僕が間違っているに決まっている。

それがわからなかったという時点で、僕はどうかしていた。いきなりの精鋭チーム配属に舞い上がり、緊張しまくっているところに特徴のありすぎるメンバーを紹介され、更に舞い上がったところに、ふざけているとしか思えないペア――じゃない、バディか――がやってきた。その上いきなり警護の現場に向かっている。

どれ一つとってみても、普段の自分を失う要素にはなったが、だから仕方がない、とならないのが『警護』の仕事である。間もなくそれを嫌というほど思い知らされることになるのだが、そのときの僕にそれがわかるわけもなく、緊張と苛立ちで胃痛すら起こしてしまいそうになりながら、車が目的地に到着するまでじっとフロントガラスの向こうを見つめていた。


国立科学博物館に到着すると、すぐにSPの一人が僕らに駆け寄ってきた。

「百合さん！　復帰の噂《うわさ》、本当だったんですね‼」

その若いSPは百合を見ると、嬉《うれ》しくてたまらないという顔になり彼に話しかけていたが、

「ありがとう。で?」

と百合が笑顔で礼を言ったあと一言問い返すと、途端にきりりとした表情になり説明を始めた。

「藤堂チームの四名は、シンポジウム会場の正面出入口のチェックをお願いします。本日急遽ノーベル賞受賞者が講演することになったため、かなりの混雑が予想されます。建物出入口で来館者のチェックは一通りしますが、今の段階で予想来館者数の三倍の人間が来ているために、応援を依頼したものです。講演開始直前には更なる混雑が見込まれます」

「建物の出入口には何名の警護が?」

「各出入口に五名、配置しています。大臣の身辺警護は板倉リーダーと橋本《はしもと》がメインで担当しています」

「ありがとう。早速配置につきます」

百合が若いSPに頷いたあと、僕らを振り返る。

「では会場内側は姫宮と星野、外側が俺と……」

ここで百合が一瞬言葉を途切れさせ、考える素振りをした。

「……唐沢です」

名前を忘れたんだろう、という僕の読みは当たったようだ。

「悪い。唐沢と俺」

悪いな、と百合が笑い、また僕の頭をぽんと叩く。ぽんぽんぽんぽん、何度叩けば気が済むんだ、と思いっ切りむっとしている僕に構わず、百合の指示は続いた。

「建物入口でのチェックがあるといって、油断しないように。見逃しがちな女性と子供、それに高齢者といった来館者のチェックも怠るな」

「わかったわ」

「ラジャ」

「……はい」

姫宮と星野、そして僕が返事をする。百合が仕切るということはこの四人では彼がリーダーということなんだろう。こんなリーダーじゃな、と叩かれた頭を振った僕の前で、姫宮が星野に「行くわよ」と声をかける。

「おう」

星野が答え、二人して颯爽と立ち去っていくのを見るとはなしに見ていた僕は不意に背に腕を回され、ぎょっとしてその場を飛び退《の》いた。

「どうした？　行くぞ」

百合が不思議そうな顔で僕を見たあと、彼もやはり颯爽と進んでいく。

「はい」

こういった場面にまるで相応しくない話題の上に、相手が百合なら死んでも言うものか、と思うのだが、実は僕はものすごく擽《くすぐ》ったがりなのだった。

過敏すぎる、とよくからかわれる。我慢しようと思えば気力で我慢できるのだが、不意に触られたりするのには超がつくほど弱いのだった。

そんなことが知れようものなら、百合はまたからかってくるに違いない。絶対知られないようにしなくては、と僕が密かにそんなことを考えている間にも、百合は僕に対し一人で喋《しやべ》り続けていた。

「さっきも言ったが、見た目で安全か否かを判断しては駄目だ。以前も若い女性がバイオリンケースに銃を潜ませていたケースがあった。少しでも不審な動きがあったらすぐに知らせること。自分の判断をまず疑ってかかれ」

「はい」

返事はしていたが、百合の話は正直あまり頭に入ってこなかった。いよいよ初仕事か、という緊張に襲われていたためだ。

「ここが配置場所だ。ええと……」

シンポジウム会場の入口に到着すると、向かって右側の位置を僕に示した百合が、ここでまた言葉に詰まった。

「唐沢です」

また名前を忘れたか、と内心呆れつつそう言うと、百合はあまりに失礼なことを言い、僕を心の底からむっとさせてくれたのだった。

「ああ、悪い。もう『チビちゃん』という愛称しか浮かばなくて」

「……か・ら・さ・わ、です」

それなら頭に叩き込んでやる、とばかりに僕は、一文字一文字はっきり発音してやったのだが、百合はまたふざけたリアクションをしてみせた。

「か・ら・さ・わ君。了解した。もう忘れないから安心してくれ」

ニッと笑い、またもぽんと頭を叩く。自分が背が高いのを誇示したいのかもしれないが、ぽんぽんぽんぽん頭を叩くのやめろよな、とむっとしたまま僕は配置についた。

「主に右から来る来場者をチェックしてくれ。俺は左を見る」

観音開きの扉は今、開かれた状態で固定されていた。最初に聞いたとおり、来館者はかなり多いようで、ちらと覗くとすでに会場はほぼ満席状態になっていた。

『大臣、到着しました。一分後に会場入りします』

インカムから緊張感溢《あふ》れる男の声が響く。いよいよか、と僕の緊張も高まり、鼓動が早鐘のように打ち始めた。

落ち着け、落ち着け、と自分に言い聞かせる。僕の見ている右側は、人の流れからすると出口に向かう方向なので、チェックは比較的楽なはずだった。

認めるのも癪《しゃく》だがきっと百合が配慮してくれたんだろう。それはそれでまたむかつく、と思いながらも、こちらから入ってくる人数があまり多くないため、一人一人ゆっくりとチェックできている——と僕はそう思い込んでいた。

人の波に逆らうようにして、一人の若い男が駆けてくる。オタクっぽいいでたちの男の目が変に血走っているように見え、一瞬、怪しいか、と身構えたが、どうやら講演に間に合うよう急いでいただけのようだ。よかった、とその男を見送ったあと、またも人波に逆らうようにして会場を目指している若い女性に気づいた。

手には大きな花束を抱えている。コンパニオン風のメイクをしている、この博物館の制服を着た女性だった。ああ、講演するノーベル賞受賞者に渡す花束か、と納得し、そのまま彼女を見過ごした次の瞬間、

『左、チェック頼む！』

不意にインカムに百合の声が響いた。

「え？」

はっとし、左を見たときにはすでに、扉の外に彼の姿はなかった。

「ええ？」

なぜ百合が持ち場を離れたのかわからないものの、左を見るとはるか前方にＳＰに囲まれた大臣がこちらへと向かってくる姿が目に飛び込んできた。と、同時に会場内で銃声が響く。

「……え?」

きゃー、という悲鳴が上がり、中にいた人たちが皆、一斉に会場から駆け出してきた。あっという間に阿鼻叫喚《あびきょうかん》ともいうべき騒ぎになりつつあることに動揺しまくっていた僕の耳に、インカム越し、百合の声が響いた。

『テロリスト一名確保。唐沢は大臣の元に走れ。仲間がいるかもしれない』

「は、はいっ」

テロリスト? 確保? いつの間に?

頭の中はクエスチョンマークだらけだったが、その疑問の答えを考えている時間はなかった。廊下に溢れ始めた人波をかき分け、正面玄関へと引き返そうとしている大臣に追いつく。

「テロリスト、一名確保だそうです」

「ああ、インカムで聞いた」

何か喋らなければ、という思いから板倉リーダーと思しき男に話しかけると、三十代半ばに見える彼は、淡々とそう答え、僕を赤面させた。

「……申し訳ありません」

「それより、テロリストはどういう人物だったんだ? 建物出入りのチェックでは引っかからなかったということか?」

そのほうが問題だ、と溜《た》め息《いき》混じりに呟く板倉に、僕は答えるべき言葉を持たなかった。

「……申し訳ありません」

情けない、と俯《うつむ》いた俺を板倉はちらと見下ろしたが、その後は僕を空気のように扱い、向こうから話しかけてくることはなかった。

講演は当然ながら中止、大臣は即博物館を離れた。大臣の車を見送ってから、来館者の退場を整理している列を逆行し、再び僕は会場へと戻った。

「大臣、無事に車に乗ったらしいな」

「はい」

がらんとした会場内には、百合と姫宮、それに星野の他、SPたちが十数名いた。

頷き、テロリストはどんな人物だったのか、と周囲を見回した僕の目に、床に落ちた花束が映った。

「……あ……」

見覚えがある花束——博物館の制服を着た綺麗な女の人が持っていたものだ、と僕がちょうど思い出したそのとき、若いSPたちに引き立てられ、あの制服姿の女性が会場の外へと出ていった。

「……まさか……」

あの女性がテロリストだったのか、という僕の驚きを百合は察したらしい。

「花束の中に銃を忍ばせていたんだ。残念ながら隠した銃が大きすぎた」

ほら、と百合が目で示した先、別の警察官がサブマシンガンを抱え、引き立てられていく女性テロリストのあとを追っていった。

「………」

言われてみれば花束がやけに大きいとは思ったのだった。だが、僕は疑問を覚えることなく、若い綺麗な女性、かつこの博物館の制服を着ているという外見だけで判断し、あんなに大きな銃を隠し持っていた人物を見逃してしまった。

「会場の外で取り押さえられれば、こんな騒ぎにならなかったんだけどね」

いつの間にか傍《そば》にいた姫宮が、近くの星野にそう声をかける。

「……あ……」

本当にそのとおりだ——彼の言葉に改めて自分の犯したミスの重大さを思い知らされた僕の頭から、さーっと血が引いていった。

「どうしたの？　真っ青よ？」

姫宮がぎょっとした表情になり、僕の顔を覗き込んでくる。

「あ、あの……」

彼は僕があのテロリストを見逃したということに気づいていないようだった。そうだ、彼にも、星野にも、そして誰より未遂に防いでくれた百合に謝罪をしなければ、と僕は周囲を取り囲む三人に向かい頭を下げようとしたのだが、そのとき百合の手が伸びてきて、僕の背中をバシッと叩いた。

「撤退命令が出ている。戻るぞ」

行こう、と背に残したその手で促され、前へと足を踏み出した、その足はがくがくと震えていた。

「……あ……」

僕の様子を見て姫宮は、テロリストを見逃したのが僕であったと気づいたらしい。しまった、という顔になったのが視界の端に映ったが、彼がそれ以上声をかけてくることはなかった。

とんでもないことをしてしまった――頭の中で響くのはその言葉だけで、何一つ満足に考えることができない。

自分が情けなくて情けなくて、この場から消えてしまいたかった。不覚にも涙まで滲《にじ》んでくるのを、唇を噛《か》んで堪《こら》える。

そのとき、またバシッと百合が僕の背を叩いてきたので、はっとし彼の顔を見上げたが、百合は僕を見ておらず、真っ直ぐに前を見つめていた。

彼がいなかったら、どうなっていたかを想像すると、またもさあっと血の気が引く思いがした。

『建物入口でのチェックがあるといって、油断しないように。見逃しがちな女性と子供、それに高齢者といった来館者のチェックも怠るな』

　百合からは事前に、女性にも気をつけろという指示を受けていた。なのに僕は、彼の態度がむかつくからと、彼の話を右から左に流してしまっていた。

　馬鹿だ。本当に僕は馬鹿だ――自己嫌悪から、またも涙が込み上げてくるのを、ぐっと堪えた僕の背を、また百合がバシッと叩く。

「…………」

　この人は僕の心が読めるのだろうか――泣きそうになるたびに、しっかりしろ、というように背を叩いてくれる彼を僕は見上げたが、百合が僕を見返すことはなかった。

　真っ直ぐに前を向いたまま、ほら、というように僕の背をまた叩く。

　その腕のおかげで僕は、震える足をなんとか踏み締め、車へと戻ることができたようなものだった。気持ちは果てしなく落ち込んでいたが、何より皆に詫びよう、と車に乗り込んだあと僕は、車中にいた三人に向かい、

「本当に申し訳ありませんでした」

　と深く頭を下げた。

「…………」

「…………」

　僕の謝罪に対し、姫宮と星野は顔を見合わせたが、何も答えはしなかった。

「……申し訳ありませんでした」

しんとした車内で僕は、改めて百合に対しても深く頭を下げたが、百合はぽん、と僕の頭を叩いただけで、やはり何も言ってくれなかった。

「…………」

許してくれないということなんだろうか——確かに、謝って許されることではないだろうが、何も言ってもらえないのはさすがに堪《こた》えた。俯いた目にまた、情けないことに涙が溜まってきてしまう。

車が警視庁に到着するまで、車中では沈黙のときが続いた。その間中僕はじっと涙を堪え続けたのだが、警視庁に到着した僕を待っていたのは、涙など吹っ飛ぶような厳しい藤堂の叱責《しっせき》だった。

「馬鹿者！」

拳銃などを返却した後、僕らが揃って藤堂チームの部屋のドアを開いた瞬間、藤堂の怒声が室内に響き渡った。

途端に百合を先頭に姫宮、星野が藤堂の前に一列に並び、無言で深く頭を下げる。何が起こっているのか、今一つわからなかったが、僕も慌てて星野の横に並び、

「申し訳ありませんでした」

と頭を下げた。次の瞬間、頭の上で藤堂の怒声が響く。

「謝って済む問題ではない！　まず状況を説明しろ。なぜ会場の外で押さえられなかった？」

「あ、あの……っ」

それは僕が見逃したから、と言おうとした僕の声に、百合の凛と響く声が重なった。

「私のミスです」

「ち、違います。僕が見逃したんです」

なぜか百合は僕のミスを被ろうとしている。違う、と声を張り上げると、百合は僕を一瞥《いちべつ》したあと、改めて藤堂に頭を下げた。

「彼の配置を誤ったのは私です。会場内にするべきでした」

「……でも……っ」

配置された場所で任務をまっとうできなかったのは僕だし、と尚も謝罪をしようとした僕に、藤堂の視線が据えられる。

「……っ」

あまりにも厳しい目で睨みつけられ、声が出なくなる。そんな僕に対し藤堂は僕を見据えたまま、厳しい口調で話し始めた。

「誰しも失敗はある。新人だから仕方がない。二度とミスをしなければいい——ＳＰの世界においては、そんな甘い考えは通用しない。なぜなら失敗はそのまま死に繋がるためだ。自分の死ではなく、警護対象者の死だ。わかるか？」

「……は、はい……」

頷いた僕を藤堂は一段と厳しい目で睨んだかと思うと、

「それなら」

と声のトーンを少し上げ、更にきつい口調でこう告げた。

「易々《やすやす》と謝るな。謝って済む問題など、ここには存在しない。自分が人の生死にかかわる仕事に就いているのだという自覚をしっかり持て。以上だ」

藤堂はそこまで言い切ると、さっと椅子に腰かけ、パソコンの画面を見つめ始めた。百合と姫宮、それに星野が彼に一礼し、席へと戻っていく。

「…………」

藤堂の言葉が胸に深く刺さっていたあまり、僕一人、その場を動けずにいた。と、藤堂の背後にいた篠がすっと僕の傍に近寄ってきたかと思うと、耳元で低く囁《ささや》いた。

「どうぞ席にお戻りください。ボスからはこれ以上、お話はないようですから」

「は、はい……」

要は邪魔だから席に戻れということか、と僕は察し、慌てて自席へと戻ったが、頭の中では今聞いたばかりの藤堂の注意がぐるぐると回っていた。

それから二時間ほどして終業のチャイムが鳴ったのだが、僕は席を立つ気力もなく、ぼんやりと座ったままでいた。と、横から、

「ねえねえ」

という姫宮の声がしたと同時に、彼が座っていたキャスターつきの椅子ごと僕へと寄ってきて、がしっと肩を抱いてきた。

「はい？」

「これからあなたの歓迎会、やりましょ。今晩ヒマ？」

「ええ？」

いきなり何を、と唖然《あぜん》としていた僕の斜め前からは星野が、

「いいねえ」

と声を上げ、前の席の百合もまた「了解」と頷いている。

「ボスは？　今晩、ヒマですか？」

姫宮が高い声を上げ、藤堂に呼びかけると、藤堂がパソコンの画面から視線を彼に移し、首を横に振った。

「悪いが会議が入った」

そう言ったかと思うと、上着の内ポケットから財布を出し、一万円札をさっと数枚抜き取る。それを後ろに控えていた篠が受け取り、そのまま姫宮へと向かって歩いてきた。

「身体は出られないが金くらいは出そう。使ってくれ」

篠が姫宮に金を渡したと同時に、藤堂はニッと笑ってそう言うと、再び画面へと目線を戻した。

「一、二、三……五万？」

凄《すご》い！ と姫宮が札を数えて悲鳴を上げ、慌てた様子で立ち上がる。

「ボス、すみません！」

「ありがとうございます！」

続いて星野も立ち上がり、大声で札を言ったかと思うと、深く頭を下げた。一体何が起こっているのか今一つわからず、ぼうっとしていた僕の背を姫宮がバシバシとどつくと、耳元に口を寄せてきた。

「早くお礼、言いなさい！ あなたの歓迎会に五万も出してくれたのよっ」

「あっ」

そういうことだったのか——我ながら気づくのが遅すぎる、と一瞬の元に反省した僕は、言われたとおり藤堂に向かい深く頭を下げた。

「あ、ありがとうございますっ」

「ゴチになります」

と、僕の前の席の百合が立ち、同じく深く頭を下げる。

「飲みすぎて明日の仕事に差し障りなどないように」

藤堂は僕に向かい、ニッと笑ってそう言うと、続いて百合へと視線を移した。

「体調はもう大丈夫なのか」

「酒も飲み放題、煙草《たばこ》も吸い放題だ」

百合がふざけた口調で答える。さっきは敬語を使っていたが、彼は藤堂にタメ語で話すのか。それもまた驚きだ、と思っていた僕の前で藤堂が、眉間にくっきりと縦皺を寄せ、厳しい口調で百合に問いかけた。

「いい機会だから禁煙するのではなかったのか」

「こればっかりは無理だな」

あはは、と高く笑った百合が、二人のやりとりを唖然として見ていた僕へと視線を向ける。

「それじゃ、行くか」

「え？　あの⁇」

今すぐにでも立ち上がりかねない彼に合わせ、僕も席を立とうとしたが、その途端藤堂の厳しい声が飛んだ。

「机の上は何もない状態で席を立つ。篠の指導があっただろう」

「あっ！」

そういやそうだった、と慌てて周囲を見回すと、すでに姫宮も星野も、そして百合も皆、机の上には何もなかった。

しまった、と慌ててパソコンの電源を落とし、他のものと一緒に机の引き出しに仕舞い施錠する。

「さ、行きましょ」

僕が鍵《かぎ》をポケットに入れた瞬間、姫宮がそう声をかけ、藤堂と篠に向かい、

「お先に失礼します」

と頭を下げた。

「お、お先に失礼します」

そうだ、挨拶、と僕もまた部屋に残る二人に頭を下げたが、そういや篠は来ないのか、と彼を見る。

「失礼いたします」

だが篠はにっこりと微笑み、あのバリトンの美声で挨拶を返してくれただけで、部屋を出る気配はなかった。

藤堂は僕らの挨拶に頷くとすぐ、視線をパソコンへと戻したようだ。端整な顔立ちの彼と、その横にひっそりと立つ篠の二人を残し、僕は他の皆と共に部屋を出ると、どこへ行くとも

何を食べたいとも聞かれないままにタクシーに乗せられ、築地《つきじ》へと連れていかれたのだった。


「いらっしゃい」

築地という土地柄、てっきり寿司《すし》屋にでも行くのかと思っていたが、僕が連れていかれたのは、大通りから二筋ほど細い道を曲がったところにあるテーブル席が五つばかりのイタリアンレストランだった。

ドアを開いた途端、ドスの利いた男の声がし、ぎょっとして店内を見ると、南欧風――とでもいうんだろうか、洒落《しやれ》た店内には白い調理服を着たガタイのいい大男がにこにこ笑いながら立っていた。

「水嶋《みずしま》さん、紹介するわ。今日配属のウチの新人。今夜は彼の歓迎会なのよ」

姫宮がその大男に駆け寄っていったかと思うと、「へえ」と目を見開き、僕を見ている男の前で振り返り、

「早く！」

来い、と促してきた。

「あ、はい！」

慌てて僕も駆け寄り、その『水嶋さん』という大男の前に立つ。

「唐沢悠真君。唐沢君、こちら、このお店のオーナーでシェフの水嶋さん。あたしたちの先輩よ」

「え？　ええ？」

先輩って、学校か何かの？　でも僕と姫宮は同じ学校なんだろうか、と考えかけ、あ、と気づく。このガタイのよさはもしかして、と、察したと同時に水嶋が、少し困った顔になり頭を掻《か》いた。

「もう退職して随分経つから『先輩』なんておこがましいことは言えないな」

「伝説持ちのＳＰよ。その上、料理の腕もピカ一なの」

姫宮がそう言い、ね、と水嶋を見る。

「伝説はともかく、料理を褒めてもらえるのは嬉しいよ」

水嶋は苦笑しそう答えたが、彼の視線は僕らの背後から近づいてきた百合へと向けられていた。

「百合！　お前、ようやく復帰か」

「はい。半年間、サボらせてもらいました」

百合が、口調は先ほどの藤堂に対するのと同じくふざけているものの、態度だけは真面目にそう言い、頭を下げる。

「ご心配をおかけしました」

「いや、心配はしてない」

水嶋はそう笑ったあと「酷いな」と顔を上げた百合の肩を、バシッと叩いた。

「よかったな。また頑張れ」

「はい。ありがとうございます」

百合が一礼したのに、再び彼の肩をバシッと叩いた水嶋は、僕たちの後ろにいた星野にも笑顔を向けると、改めて僕らをぐるりと見渡した。

「歓迎会なら、店からシャンパンをプレゼントするよ。さあ、座ってくれ」

「いえ、今夜は軍資金があるから大丈夫なんです。ボスが五万もくれたので」

姫宮が慌てた様子でそう言い、水嶋の背に声をかける。

「へえ、藤堂もわかってきたじゃないか」

と、水嶋は彼を振り返ったあと、にや、と笑って続けた。

「自分は行かずに金だけ出すのがお前らにとってベストだと、やっと気づいたんだな」

「そ、そんなことないっすよ」

今度は星野が慌ててそう言い、

「そうよう」

と、姫宮もまた焦った様子で頷く。

「さあ、早く座ろうぜ」

百合だけが笑って二人を、そして僕を促し、僕らは奥のテーブルに腰を下ろした。

「それじゃ、唐沢君の前途を祝って、かんぱーい！」

固持したにもかかわらず、結局は水嶋に差し入れてもらったシャンパンがサーブされると、姫宮が明るい声を上げ、グラスを高く掲げた。

「あ、ありがとうございます」

「乾杯！」

「乾杯！」

姫宮のあと、星野と百合も唱和し、グラスを合わせてきてくれた。

「ありがとうございます。あ、ありがとうございます」

二人に礼を言っている僕の背中を、隣に座った姫宮がバシッと叩く。

「うわ」

「ほら、早く飲まないと！　また零《こぼ》すわよ〜」

僕のグラスからシャンパンが零れたのは自分が叩いたせいだというのに、姫宮はそう言って僕に無理やりシャンパンを飲ませようとした。

酒には弱いのだけれど、まったく飲めないわけじゃないし、せっかく僕の歓迎会をしてくれているというのに『飲めません』と言ってしらけさせるのも悪いと、思い切ってシャンパンを一気飲みする。

「あら、いける口？」

見た目によらないわね、と姫宮が笑い、僕のグラスにシャンパンを注ぐ。

「いや、そんなには……」

飲めない、と言うのは躊躇《ためら》われたが、飲めると勘違いされても困る、と、僕は恐る恐る、それほど飲めるわけじゃなく、すぐ眠くなってしまうのだと彼に告げた。

「寝てもいいわよ。どうせ寮でしょ？　大丈夫、連れて帰ってあげるから」

ほらほら、と促され、仕方なくもう一度一気飲みした僕のグラスに、またもシャンパンを注ぎながら、姫宮がなんでもないことを喋るような口調で僕に話しかけてきた。

「ボスはああ言ったけど、誰だって最初のうちは失敗の一つや二つ、するもんよ。初日にやってよかったじゃないの。明日からもう、ノーミスでいけるわよ」

「……あ……」

姫宮が僕に飲め飲め、と酒を勧めたのは、僕がミスを気にして落ち込んでいるのを見抜いていたためだったのだ。ようやく気づいた僕は、改めて彼に対し頭を下げた。

「……本当に申し訳ありませんでした」

「だから謝る必要ないんだって。あたしたちはチームなんだし、一人がミスったって、マルタイが無事だったらいいのよ」

「そうだよ。今回だってちゃんとバディの百合さんがカバーしてくれたんだし、結果オーライだ」

姫宮だけでなく、彼の前に座っていた星野までもがそんなフォローを入れてくれる。

「あ……」

そうだ、彼のおかげで大事《おおごと》にならずに——まあ、かなり大事にはなったけれど——すんだのだ、と僕は正面に座る百合に、礼と謝罪を、と目線を向けた。

「あのっ」

「悪かったな」

だが僕が謝るより前に彼に謝られてしまい、なんで、と思うあまり、素っ頓狂なほどの高い声を上げてしまった。

「はい？」

「俺は口が悪いから、何かがお前の気に障ったんだろう。不快な思いをさせて申し訳なかった」

「え……」

まさかそんな言葉が、それこそ『口の悪い』——というより、無神経といったほうがいいか——百合から出るとは思わず、戸惑いの声を上げた僕の前で、百合が深く頭を下げる。

「あ、あのっ……」

先輩にこんなふうに頭を下げられるなんて僕にとってはあり得ないことで、ほぼパニック状態に陥っていたのだが、

「だが！」

と百合が不意に頭を上げたものだから、更に僕はパニック状態へと追いやられていった。

「は、はいっ」

強い語調に、次はやはり叱責か、と反射神経のみで判断し、つい身構えてしまった僕の前で、百合が真面目な表情を解き、ニッと笑いかけてくる。

「今後はもし、俺の言動にむかついた場合は、その場で何にむかついたのかを言ってくれ。俺も胸に溜めることなく、なんでも思ったことを言う。今日から俺たちはバディだ。バディになるにはまず互いの気持ちが通じ合うことが大切だ。気持ちってのはやっかいなことに、言葉にしないと伝わらないからな」

「……はい……」

男くさくも爽《さわ》やかな笑顔に引き込まれるのと同時に僕は、百合の言葉にもまた強い感銘を受けていた。

誰がどう考えても今日のミスは僕が馬鹿すぎたために起こったものだ。百合に対し腹立たしい思いをしたからといって、彼の指示を右から左に聞き流してしまった。おかげで大惨事となるところだったのをカバーしてくれたのも百合だ。

百合は僕に対し、怒りを爆発させても、きつく叱責してもいい立場だ。なのに彼はまず僕に自分の言動を詫び、その上でこれからは何事も腹に溜めずに言い合おうとまで言ってくれている。

なんて大きな人なんだ——『大きい』というのは勿論身体のことじゃなく、彼の心だ。チビの上に気持ちも矮小《わいしょう》な自分がなんだかとても恥ずかしくなってきて、堪《たま》らず僕は、

「本当に申し訳ありませんでした」

と深く頭を下げた。

「今は何を謝ってるんだ?」

頭の上から百合の声が降ってくる。顔を上げると百合が、不思議そうに僕を見下ろしていた。

「あの……」

自分が小さな人間なのが恥ずかしくなって、それで詫びた——答えはそれなのだが、言葉にすると珍妙としかいえない内容になってしまいそうで口籠る。

「ん?」

黙り込んだ僕を、百合がじっと見つめる。いけない、なんでも話し合おうって言われたのに、と焦りはするのだが、上手く言葉が出てこない。

「あの……ええと……」

焦れば焦るほど何も言えなくなってしまっていた僕に助け船を出してくれたのは、姫宮だった。

「まあ、今夜は飲みましょうよ。飲めば口も回るようになるって」

さあさあ、とまたも僕のグラスにシャンパンを注いだあと、百合のグラスにも注ごうとする。

「あら、もうないわ。オーナー、ワイン、持ってきてぇ」

だが僕で注ぎ終わってしまったようで、店の奥に向かいそう叫ぶと、

「それよりさ」

と身を乗り出し、話題を変えた。

「親睦《しんぼく》を図るために、再度自己紹介の詳細版、しない？　質問もオールオッケー、パスは禁止ってことで」

どう？　どう？　と、やたらとうきうきした口調で聞いてくる彼の前から、

「面白そうだな」

と星野も話に乗ってくる。

「よし、それじゃまず姫、いけ」

百合もまた乗ったようで、手にしていたグラスで姫宮を指した。

「えー、あたし？」

姫宮は一応そう、渋ったものの、実際やる気満々だったようで、コホン、と咳払《せき》いすると僕へと向き直り、彼言うところの『自己紹介の詳細版』を語り始めた。

「姫宮良太郎、東京《とうきよう》都出身在住、年齢は非公開……って言いたいけど、二十七よ。姫って呼んでね。このニックネームと喋り方のせいで、オカマとかゲイとかによく間違われるけど、どっちでもないわ。昔ちょっと女形をかじったことがあるの。その影響ね」

「女形?」

そういえば星野がそんなことを言っていた、と思いつつ問い返すと、その星野が話に割り込んできた。

「ちょっとかじったどころか、梨園《りえん》出身で子供の頃からみっちり仕込まれてるんだぜ。お祖父《じい》様は人間国宝にもなったんだよな?」

「ええ?」

人間国宝って、凄くないか? と驚きの声を上げた僕に向かい、姫宮が肩を竦める。

「確かにそうだけど、あたしは妾腹《しようふく》なの。でも本家の御曹司よりも下手に才能があったもんだから、酷い嫌がらせをされてさあ。それで母子共々、家を飛び出したってわけ」

「……はあ……」

なんとも波瀾万丈な人生で、コメントができない。姫宮はそんな僕に向かい、にっこりと、それは艶《あで》やかに微笑むと、

「じゃ、次、いきましょうか」

と言い、視線を星野へと向けた。

「おう。星野一人だ。ええと、年だったか？　二十九だ。最近の趣味は空手と居合抜き。柔道剣道はもう飽きたな」

「筋肉バカよ」

姫宮の茶々に星野が「うるせえ」と彼を睨む。が、姫宮はまるっとそれを無視し、にやにや笑いながら僕に星野の情報を流し始めた。

「ニックネームは『ランボー』。ほら、あの映画の主人公になんとなく似てるでしょう？」

「確かに……」

ラテン系の濃い顔立ちをしているので、そっくりではないものの、大きくグループ分けしたらまあ、『似てる』と言えなくもない顔をしている、と頷くと、途端に星野が嬉しそうな顔になった。

「ハリウッドスターに似てるとは、嬉しいねえ」

「でもこの人、こんなナリしてるくせに、ものすごいビビリなのよ」

と、またも横から姫宮が茶々を入れてくる。

「ビビリ？」

問い返したあと僕は、ああ、冗談なんだろうな、と察した。このガタイのいい大男が――

しかもSPが『ビビリ』のわけないじゃないか、というのがその理由なのだが、

「うるせえ」

と姫宮を睨んだ星野は真顔だった。

「ビビリっていっても、こっち限定だけどね」

『こっち』と言うとき姫宮は自分の胸の前でだらん、と両手を下げてみせた。

「幽霊？」

まさか、と思いつつ問い返すと、

「ピンポーン」

姫宮が嬉しげにそう叫ぶ。それを聞いて僕はますます、やっぱり『ビビリ』は冗談だったんじゃないかと思ったのだが、

「うるせえ。人間誰しも苦手なモンはある」

と苦々しい顔で星野が言い切ったところを見ると、どうも冗談ではなさそうだった。

「怪談話にも弱いの。だからときどき耳元で囁いてあげるのよ」

うふふ、と姫宮が笑ったかと思うと、不意に声を潜め、おどろおどろしい雰囲気で話し出す。

「都内某所に、中の道路は直線なのになぜか事故が多いトンネルがあってね……」

「やめろーっ」

その瞬間、星野が絶叫するなり、耳を押さえたまま脱兎《だつと》のごとく店を出ていってしまった。

「ええ？」

突然のことに、何が起こったのかわからないでいた僕の横と前で、姫宮と百合が爆笑する。

「ね？　ホントだったでしょ？」

「……はあ……」

確かにあの勢いは凄かった、と未だに揺れている扉を見ていた僕は、

「それじゃ、次、かおるちゃん」

という姫宮の声に、いよいよ百合の番か、とはっとし、彼へと視線を戻した。

「自己紹介だったな。百合香、三十三だ。おっさんだがよろしく頼む」

「見た目、おっさんじゃないわよねえ。ランボーのほうが老けてるくらいだわ」

姫宮がそんなフォローを入れたが、それは世辞ではなく――といっても、二十九歳のランボーこと星野が老けているというわけじゃないけど――姫宮の本心からの言葉のように見てとれた。

「あとはなんだ？　趣味か。趣味は読書とドライブ。まあ、どちらも最近あまりできちゃないが。それから？」

あとは何を喋ればいいのかな、というように百合が僕を見る。

「なんでも聞いちゃいなさいよ。今日からバディなんだからさ」

横から姫宮も僕をけしかけてきたが、何を聞いたらいいのか、咄嗟《とっさ》には出てこなかった。しかしここで質問しないと、まるで百合に興味がないように思われるかも、と焦り、必死で頭を働かせる。

「それじゃ、まずあたしから。百合さん、結婚してますかあ？」

僕の焦りに気づいてくれたのか、またも横から姫宮が助け船を出してくれた。

「してない」

「恋人はぁ？」

続く姫宮の問いに、百合が苦笑し問い返す。

「お前はどうなんだ？　彼女か？　それとも彼氏か？」

「だからあたしはゲイじゃないわよ」

姫宮が口を尖《とが》らせたところで、カランカランとカウベルが鳴り、ようやく星野が店内に戻ってきた。

「もう終わりました？」

怪談が終わったのか、と聞いてきた彼を見て姫宮と百合が爆笑する。

「ほんと、ビビリよね～」

「わかってて苛めるの、性格悪いよなあ？」

げらげら笑う姫宮を睨み、星野が僕に同意を求めてくる。

「ええと……」

またも相槌《あいづち》に困りながらも――『はい』と答えようものならきっと姫宮に『なんですって』と絡まれるのが必至だったからだ――なんともアットホームなチームだなあ、としみじみと三人を見渡してしまっていた。

藤堂チームは精鋭中の精鋭と聞いていたから、チーム内の人間もさぞかしエリート然としたタイプなんだろうと予想していたが、実際は皆、とても気安い人ばっかりだ。

「そうそう、かおるちゃんのニックネーム、まだ言ってなかったわよね」

「『かおるちゃん』がニックネームだろ?」

星野が突っ込むのに姫宮が「ちがーう」と首を横に振る。互いにニックネームで呼び合うというところにも、彼らのチームワークのよさが出ているよな、と思っていた僕に姫宮は「なんだと思う?」と尋ねてきた。

「ええと……」

自分で言うのも哀しいが、頭の回転も人並み程度でしかない僕は、こういう咄嗟のときに何も面白いことが言えない。それをすぐ察してくれたんだろう、姫宮は、

「それじゃ、答えを言うわね」

とすぐに僕へと投げた問いを引き取ると、

「『お銀《ぎん》』よ」

と教えてくれた。

「お銀？」

「初めて聞いたぞ」

星野と百合がそれぞれに不思議そうな顔になり、そう声を発する。本人すら聞いたことがない『ニックネーム』って、と首を傾《かし》げつつ姫宮を見ると、三人の視線を浴びた彼は、またもにっこり笑い、そのニックネームの由来を口にした。

「『水戸黄門《みとこうもん》』よう。百合香……ね？　名前、そっくりじゃない？」

「…………」

「…………」

「…………」

途端に店内がしんとなったのは、僕をはじめ聞いた三人が三人とも、しょーもな、と思ったために違いなかった。しかも、どうでもいいことだが今は『お銀』から名前が『お娟《えん》』に変わっているはずである。

「あら？　滑った？」

いやあねえ、と姫宮が照れたように笑い、いつの間にかグラスに注がれていたワインを一気に呷《あお》る。

「それじゃあ、唐沢君のニックネーム、考えましょうよ」

店内を一瞬にして凍りつかせたというのに、姫宮は立ち直りも早いようで、ワインを一気に空けたあと、身を乗り出しそんなことを言い出した。

「何がいいかしらね？　可愛い系が似合うと思うんだけど」

姫宮が僕の頭の先から爪先《つまさき》まで順番にじろじろと見つめてくる。

「あだ名、あるのか？」

同じように僕をじっと見つめながら星野が問うてくるのに、

「特にないです」

と答えると、今度は百合が前から僕をじろじろ眺めながら問いかけてきた。

「普段はなんて呼ばれてるんだ？」

「ええと、唐沢とか、悠真とか……」

「子リスちゃんは？　可愛くない？」

皆の刺すような視線にいたたまれなさを覚えつつもなんとか答えた僕の言葉を遮り、姫宮がとんでもない候補を出す。

「リスはちょっと……」

確かに『子リス』は可愛いが、それがなんで僕のニックネームになるのか意味不明だ、とやんわり否定したのに、やんわりすぎたせいか姫宮には伝わらなかった。

「リスじゃないわよ。子リス」

「あ、いや、それは……」

「子猫はどうだ？」

「うーん、ちょっと子猫ってイメージじゃないわねえ」

星野の提案を姫宮がばっさり切り捨てた。

「子犬？」

「子犬もちょっと」

「子熊？」

「子熊は更に違う」

「あ、あのー」

百合まで入ってきて、いろいろ言い出したのに、なんですべて動物、しかも子供なんだよ、と僕は頭を抱えてしまった。

このままだとどんなニックネームをつけられるかわからない。いっそ自分で決めてしまえ、と僕は、子ヤギだ、子狸《こだぬき》だ、いや、子狐《こぎつね》だと言い合う彼らに、

「あのっ」

と声を張り上げた。

「なに？」

「なんだ？」

「ん？」

姫宮、星野、そして百合が一斉に僕の顔を見る。

「『悠真』で、お願いします」

「えー、つまらないー」

途端に姫宮からブーイングが上がる。つまらないと言われても、さすがに『子リス』やら『子狸』は嫌だ、と自己主張しようとした僕に、フォローを入れてきたのはなんと百合だった。

「面白さを追求するなよ。俺の『お銀』で滑ったことを忘れるな」

「あ、ひどーい」

百合の指摘に姫宮が口を尖らせ、星野が「確かに滑ってた！」と爆笑する。なんとか『悠真』に決まったらしいとほっとしつつ、それにしても本当に和気《わき》藹々《あいあい》としたチームだなあ、と三人を見渡していた僕に、その三人が次々と右手を出してきた。

「それじゃ、悠真。明日からよろしく」

「よろしく、悠真」

「悠真、よろしくな」

「あ、ありがとうございます。よろしくお願いします」

三人の温かな手を順番に握り返していくうちに、なんだか胸がじんと熱くなる。ニックネームで呼ばれることで、なんとなく彼らの『チーム』の一員になれた気がして、それが嬉しくて仕方がなかった。

よし、頑張ろうと一人密かに頷いていた僕のグラスにまた、どばどばとワインが注がれる。

「それじゃ、『悠真』にかんぱーい！」

姫宮が大声を上げ、自分のグラスを高く掲げる。

「乾杯！」

「乾杯！」

百合も星野もそれに応え、グラスのワインをほぼ一気に飲み干した。三人が三人とも、酒には随分強いらしい。

「ほらほら、飲んで」

姫宮に急《せ》かされ、皆と同じペースで飲んでたら、とんでもないことになるだろうな、とわかりながらも僕は、それでもなんとなく皆と一緒がいい、という気持ちになり、一気にグラスのワインを飲み干した。

「いい飲みっぷりよねえ」

さあ、飲も飲も、と姫宮がまた新たなワインを僕のグラスに注ぐ。

「そういや、ボスにニックネームってあるのか？」

「ボスは『ボス』がニックネームっぽいもんなあ」

「それじゃ、篠は？」

「篠は『アンドレ』よう。いつもボスの傍に影のようにひっそりいるじゃない」

「アンドレ、わかる！」

「それじゃボスはオスカルかよ？」

ワインを飲みながら三人がわいわい話しているのを、途中まで笑いながら聞いていた記憶はある。だが、許容量を超えたアルコールの摂取により、ああ、楽しいなあ、と思いながら僕は、いつの間にかその場で眠り込んでしまったようだった。

3

「ん……」

なんだか頭ががんがんする。その上胸がむかむかして吐きそうだ。喉も渇いた。水が欲しい。それにしてもなんでこんな、身体がすーすーするのだろう、と僕は瞼《まぶた》を無理やりこじ開けるようにして目を開き——。

「……え?」

目に飛び込んできた、見覚えのまるでない部屋の天井に驚き、はっとして身体を起こした。

「ええ??」

起き上がった瞬間、自分が素っ裸でいることにぎょっとし、思わず声を上げたが、その途端にぎし、とベッドが軋《きし》んだと同時に隣で、

「ん……」

という男の声がしたのにはもう、『驚いた』どころではなくなってしまい、何が起こって

いるのかわからないままに、僕はベッドから飛び降りていた。

「んー？」

そのせいで目醒《めざ》めたのか、ベッドの上で男が大きく伸びをしたあとに、がば、と身体を起こす。それで僕は男の顔を見ることができたのだが、男が誰かを認識した瞬間、あまりの衝撃に僕の口からは大きな声が漏れていた。

「あっ」

「よう、早いな」

眠そうにしながらも、ニッと笑いかけてきたのはなんと――百合だった。しかも彼もまた、裸のようである。下半身はまだ上掛けの中に隠れているから、上半身だけ脱いでいるのかもしれないが、それはともかく、何がどうなって僕はこの見覚えのない部屋の中、素っ裸で、裸の百合と同じベッドで寝ていたというのだろう。

「あ、あの……っ」

何から尋ねていいのかわからない。が、百合の視線が僕の頭の先から爪先までを、すっと眺め下ろしたのに気づき、慌てて近くにあった枕《まくら》で前を隠すと、まずはここがどこなのかを聞こう、と口を開いた。

「こ、ここは？」

「ああ、俺の部屋だ。お前、水嶋さんの店で潰《つぶ》れたんだよ。覚えてないか？　まあ、ないだろうな」

あの様子じゃあ、とくすくす笑い始めた百合を前に、僕は必死で昨夜《ゆうべ》の記憶を辿《たど》っていった。

シャンパンで乾杯したあと、ワインをさんざん飲まされたのはなんとなく覚えている。お互いのニックネームの話になり、姫宮が『お銀』で滑った記憶もなんとなくあった。

僕も『悠真』というニックネーム——というよりただの本名だが——で呼んでもらうことが決定したそのあと、だんだんと記憶が曖昧《あいまい》になり、最後は机に突っ伏して寝てしまった——ような気がする。

そのあとの記憶は一切ない。その間に一体何があったのか、と、僕が百合を見やったそのとき、

「よっと」

百合がそう声をかけたかと思うと、ばさりと上掛けを撥《は》ねのけ、ベッドから降りた。

「……あ……」

なんと百合も全裸だった。朝だから、だろう。立派なそれが勃起《ぼっき》しているのまで見えてしまい、目のやりどころに困って俯く。

「ん?」

百合はそんな僕を一瞬見たようだったが、すぐに僕が視線を逸《そ》らせた理由に気づいたらし

い。

「ああ」

と笑ったかと思うと、周囲を見回し、床に落ちていた下着を身につけ部屋を出ていってしまった。

「…………」

バタン、とドアが閉まったと同時に僕もまた慌てて周辺を探したのだが、百合の服は落ちていても僕の服や下着は、床にもベッドの上にもない。

どうして、とは思ったが落ちているものを発見して放置は悪いかと、無意識のうちに百合の服を拾い上げ、たたんでしまいながらも僕は、本当に何がどうなっているのだろう、と少しも働かない頭を必死で稼働させていった。

酔い潰れた僕を、百合が自分の家に連れ帰ってくれたのは、まず間違いない。それだけならこうも動揺しないが、なぜ僕も、そして百合も素っ裸なんだろう。

今までにも酔い潰れたことは何度かあったが、目覚めたときにはいつもちゃんと服を着ていた。酔っぱらって服を脱ぐ習性は多分、僕にはないはずだ。

なのにどうして？　しかも相手も裸で、その上同じベッドで寝ているというのは、まさか――？

「え――っ」

頭の中で、もやもやとしていた考えが、だんだんと一つの画像になっていく。やがて浮かび上がったその画像は、ベッドの上、裸で抱き合う僕と百合の姿で、その瞬間、僕の口からは悲鳴のような声が漏れていた。

「どうした？」

あまりにも声が大きかったせいか、慌てた様子で引き返してきた百合がバタンとドアを開く。

多分僕のためにミネラルウォーターを取ってきてくれたんだろう。左手にペットボトルを持っている彼の、身につけているのは黒のビキニパンツのみ、という見事な裸体が目に飛び込んできた瞬間、僕の頭の中ではまた先ほどの、ベッドで抱き合う二人の画像が再生され、ぎゃーと叫びたくなった。

「気分が悪いのか？」

口を両手で押さえ、悲鳴を堪えた僕を見て百合はそう判断したらしく、心配そうな顔で近づいてくる。

「い、いえっ」

「顔色が悪いな。まだ時間があるから寝ていたらどうだ？」

百合がそう言って僕の腕を摑んだものだから、反射的に僕はその手を振り払い飛び退いてしまっていた。

「うわっ」

「え?」

僕のリアクションに、百合がきょとんとした顔になる。僕が彼の手を避《よ》けたのは、生来の擽ったがりのせいではなく、触れられたときにまた頭の中に、例の画像が浮かんだためだった。

「どうした?」

不思議そうな顔で百合が一歩、僕へと近づいてくる。

「あ、あのっ」

またも飛び退きそうになる自分を抑え、僕は必死でこの場の状況を分析し始めた。百合の裸はショッキングな映像ではあるが、彼の態度はごくごく普通だ。もしも昨夜ベッドイン、なんてことになっていたら、彼側にも何かしら変化があるもんじゃないだろうか。

そうだ、そうに違いない。まずはそれを確かめて自分を安心させよう——なんとか冷静さを取り戻しつつあった僕は、自分の思考が正しいことの裏づけを取ろうと、恐る恐る百合に問いかけた。

「なんだ?」

「あ、あの、昨夜は一体、何があったんでしょう?」

「何って?」

聞き方が悪かったのか、百合が僕に問い返してくる。

「酔っぱらって寝てしまったところまでは記憶があるのですが、そのあとのことを全然覚えてなくて……」

そう聞きはしたが、たとえ記憶はなくともこうして百合の家にいるということは彼が僕を連れ帰ってきてくれたから、というのは説明されなくとも推測できた。

僕が本当に聞きたかったのは、どうして僕も、そして百合も裸で寝ていたのかということだった。更にぶっちゃければ、まさか二人の間に何かがあったってわけじゃないですよね、と確認したかったのだが、さすがにそれを問う勇気はなく、それでそんな、ちょっと考えればわかるだろうという問いを発してしまったのだった。

百合の答えはおそらく『お前を連れて帰ってやった』というようなものだろう。そうしたら僕は『何か失礼なことをしなかったか？』と問うつもりでいた。その答えから何かが引き出せるかもしれない、とそんなシミュレーションをしていたのだが、百合は僕の想像もしていない答えを返してきて、再び僕をパニック状態へと追い込んでいった。

「なんだ、覚えてないのか？」

にや、と意味深な笑いを浮かべた百合にそう言われ、僕の頭からさーっと血が下っていく。

「お、覚えてないって、何を……？」

まさか——またも頭の中に、裸で抱き合う自分たちの映像が浮かぶ。まさか、まさか、そういうことなんだろうか。

いや、あり得ない。だって僕は今まで、酔った勢いでベッドインしたことなんて一回もないじゃないか。女の子とだってないのに、いきなり男となんて、あるわけがない。やり方だって知らないんだし――パニックになるあまり、思考がしっちゃかめっちゃかになっていた僕の前で、百合はにやり、と意味深に笑うと、とんでもないことを言い出し、僕の頭を真っ白にしてくれたのだった。

「熱い夜を過ごしたじゃないか。忘れたとは言わせないぜ?」

「…………」

『熱い夜』――今まで友人や同期から『鈍い』『オクテ』とさんざんからかわれてきた僕だが、この単語が何を意味するのかくらいはさすがに想像できた。

まさか、と思っていたが、やっぱり僕は昨夜、百合とベッドインしてしまったのだ。昨日会ったばかりの、しかも同性だというのに、何を間違えてそういうことになってしまったのだろう。

呆然としていた僕の前で、百合が相変わらずにやにや笑いながら、『熱い夜』の詳細を語り出す。

「見た目は純情そうなのに、ベッドでは酷く積極的だったからびっくりしたぜ。『もっと、もっと』と俺にしがみついて何度もねだったくせに、まさか忘れてるとはなあ?」

「………」

『積極的』『もっともっと』『何度もねだる』——それらの単語が百合の口から発せられるたびに、ガン、ガン、ガン、と頭を殴られるような衝撃を受け、僕は言葉を発することもできずにその場にへなへなと崩れ落ちていった。

信じられない——男性経験は勿論、女性経験だって数えるほどしかない僕が、よりにもよって念願のSPになったその日に、しかも同じチームの、その上バディを組む相手とベッドインしてしまうなんて。

一体これからどうしたらいいんだ、と頭を抱えてしまっていた僕の、その頭の上で百合が——爆笑した。

「嘘だよ、嘘。冗談だ」

「……え？」

げらげらと、それは楽しげに笑う百合の声に、はっとして顔を上げた僕は、未だに呆然としたままだった。

「なんて顔してるんだ」

その顔を見て百合が更に爆笑する。

「…………え……？」

この笑いっぷりからすると、もしかして本当に冗談なのか——？

僕の思考力が戻ってきたと同時に、百合の笑いも収まってきたらしい。それでもくすくす笑いながら彼は僕にこう告げたのだった。

「ヤっちゃいないよ。同じベッドで寝ただけだ」

「な……っ」

なんてことだ。僕はからかわれたってわけか——？　ようやく察した僕の頭にカッと血が上りかける。だが、百合にさも呆れたように、

「普通、わかんだろ？」

と言われては、確かにそのとおり、と自分でも思うだけに何も言えなくなってしまった。

「実際は熱いどころか、冷たい夜だったんだぜ。お前にシャワーを勧めたら服のまま浴び始めやがって。慌てて浴室から引きずり出したもんだから、俺までびしょ濡《ぬ》れだ」

「す、すみません」

その上百合から、昨夜の僕のそんな、とんでもない振る舞いを明かされてはもう謝るしかない。

そうか、だから僕も百合も裸だったんだ、と顔を上げた途端、百合の裸体が目に飛び込んできた。

「……あ……」

まず最初に気づけ、という感じだが、逞しい彼の裸の胸には、生々しい手術の痕《あと》があった。

それ以外にもよく見ると薄くなってはいるが、身体のあちこちに傷痕がある。

「ん？」

僕がまじまじとそれらの痕を見たからだろうか。百合は自身の身体を見下ろしたあと、両手で胸を覆い、身体をくねらせた。

「いやん、エッチ」

「はあ？」

何が起こっているのかイマイチわからず、素っ頓狂な声を上げた僕を見てまた、百合が爆笑する。

「これも冗談だよ。本気にされる前に言っておくが」

「…………」

げらげらと笑い続ける百合を、そんなに笑わなくても、と恨みがましく見やった僕を見て、また百合が吹き出す。

「本当にお前は可愛いな」

「やめてください」

男に対して『可愛い』は褒め言葉じゃない。僕は童顔のために、学生時代から今に至るまで、いつもこの種の言葉でからかわれてきたので、言われるとついむっとしてしまう。

今回もほぼ条件反射でそう言い返してしまったのだが、その瞬間、百合の笑いが止まった。

「また俺はお前のNGワードを言っちまったようだな」

「え?」

いきなり『NGワード』などという単語が出てきたことに戸惑い問い返すと、百合は頭を掻きながら僕に「すまん」と頭を下げてきて、ますます僕を困惑させた。

「あ、あの?」

「誰しも言われたくない言葉はある。昨日は俺の『チビちゃん』にむかついたんだよな?」

「あ……」

まさにそのとおりだっただけに言葉を失った僕の前で百合は、ペットボトルを持っていないほうの手で頭を掻きながらもう一度「すまん」と僕に謝ってきた。

「背が低いことがコンプレックスだと気づかなかった。鈍くて悪かったな」

「いえ、そんな……」

改めて謝罪されてしまうと、自分のほうこそ、むかついて仕事に支障を来したことが堪らなく申し訳なく思えてきてしまった。

「僕こそ、おとなげなくてすみません……」

僕もまた百合に対し、深く頭を下げたのだが、そのとき頭の上で、百合がぷっと吹き出す声が聞こえ、なんだ? と顔を上げた。

「俺たち、裸で何やってるんだろうな」

「……確かに……」

素っ裸で前を枕で隠している僕と、かろうじて黒ビキニは穿《は》いているものの、ほぼ全裸の百合が二人で頭を下げ合っている様は言われてみれば、なんともいえず間抜けだった。

思わず僕も吹き出す。百合と顔を見合わせるとまた可笑《おか》しさが増し、笑いが止まらなくなった。

「いつまでも裸でいないで、支度しようぜ」

ほら、と百合が僕に、手にしていたペットボトルを投げて寄越《よこ》す。

「ありがとうございます」

笑いながらも、受け取りやすいところに投げてくれたため、上手くキャッチできた僕に百合は、

「よし」

と笑うと、手を伸ばし僕の頭をぽんぽんと叩いた。

「それ飲んだらシャワーを浴びるといい。浴室は寝室出て右だから」

「はい」

ありがとうございます、と頭を下げるとまた、百合がぽんぽんとその頭を叩いてくれる。

「…………」

昨日は彼に頭を叩かれると酷くむかついたものだが、今日は全然腹が立たない。腹が立た

ないどころか、なんとなく親しさの表現のような気がして、嬉しいくらいだ。

　頭を叩かれて嬉しいというのもなんだか変だけど、この気持ちは『嬉しい』としか表現のしようがない。不思議だな、と思いながらも僕は、百合に言われるまま、ペットボトルを手に浴室へと向かったのだった。


　警視庁へは百合が車で送ってくれたのだが、建物内に入ったあとは「野暮用がある」という彼と別れ、僕は一人で藤堂チームの部屋へと向かった。

「おはようございます」

　ドアを開き、すでに僕と百合以外の全員が揃っていた室内を見渡し、大きな声で挨拶する。

　その途端、藤堂がじろ、と僕を睨んだのに昨日された注意を思い出し、慌ててドアを閉めるとトーンを落とした声で、

「おはようございます」

　と改めて皆に挨拶した。

「おはよう」

「おはようございます」

藤堂と、今日も彼の背後にぴたりと影のように控えていた篠が――姫宮が『アンドレ』と称したのを思い出し、つい吹き出しそうになった――挨拶を返してくれる。

「おはようさん」

席につくと星野が斜め前からそう笑いかけてくれ、

「昨日は大丈夫だった？」

隣からは姫宮が、心配そうに声をかけてくれた。

「大丈夫です。なんだか途中で寝てしまったみたいで、申し訳ありませんでした」

僕の歓迎会ということは主賓は僕なのに、途中で寝るなんて失礼をしてしまった、と慌てて二人に詫びると、

「気にすんなって」

「そうよ、飲ませたのはあたしたちなんだし」

星野も姫宮も、こっちが恐縮するくらいに、そうフォローを入れてくれた。

いい先輩たちだなあ、としみじみと彼らの優しさを噛み締めていた僕に、姫宮がまた声をかけてくる。

「酔い潰れたことじゃなくて、大丈夫だった？　かおるちゃんに襲われなかった？」

「え？」

一瞬意味がわからず問い返したその次の瞬間、僕の頭になぜか二人全裸で一つのベッドに

寝た、という事実がぽんっと浮かんだ。途端にかあっと血が上っていき、顔が真っ赤になったのがわかった。

「あら？」

姫宮が驚いたように、赤くなった僕の顔を覗き込んでくる。

「やだ、まさかホントに襲われたの？」

「ち、違います！　襲われてません」

興味津々、といった様子で問いかけてきた姫宮に答えてから、『襲われてない』というのも変か、と気づき、慌てて言い直そうとしたが、そのときにはもう姫宮と星野が爆笑していた。

「かわいー」

「『襲われてません』かよ」

笑われて仕方のない発言だったと自分でも認めるが、ここまで笑わなくてもいいだろう。いい先輩たちだと感激したさっきの気持ちを返してほしい、と憮然《ぶぜん》としてしまっていた僕だが、続く姫宮の言葉には憮然となどしていられなくなったのだった。

「ああ、ごめん、ごめん。だって心配してたのよう。悠真ったら酔っぱらって、さんざんかおるちゃんに絡むんだもん。チビチビ言うな、背が低いのはコンプレックスなんだ、あんたにだってコンプレックスの一つや二つあるだろうって」

「……え……？」

嘘だろ、と、姫宮を見やる僕の耳に「そうそう」という星野の相槌が響く。

「先輩に向かって『あんた』だからな。いくら酔ってるとはいえ、俺もびっくりしたぜ」

「…………え……？」

姫宮も星野も笑ってはいるが、二人が冗談を言っているようには見えなかった。

なんてことだ、と、僕はもう、頭を抱えるしかなかった。今朝《けさ》、百合が僕のコンプレックスに気づいていたことに驚かされたが、なんのことはない、酔っぱらった僕が彼にさんざん絡んだから彼は僕のコンプレックスが何かを知っていたのだ。

それをあえて百合は僕には伝えないまま、謝ってきた。先輩にそうも気を遣わせてしまったなんて、本当にもう、どうしたらいいんだ、と一人パニックに陥っていた僕の横では、未だに姫宮と星野の会話が続いていた。

「まあ、かおるちゃんはそんなことを根に持つタイプじゃないけどね」

「その割に『襲われたの？』なんて聞いてたじゃねえか」

「だってえ、悠真、昨日とスーツもシャツも一緒なんだもん」

ねえ、と姫宮に話を振られたが、とてもそれに反応できるような精神状態にはなかった僕は、「はあ」としか答えられなかった。

「なんかされてたりして？」

姫宮はまだ僕をからかい足りなかったようで、にや、と笑いながら顔を覗き込んでくる。

「そんな、何も……」

「だってさっき、真っ赤になったじゃなーい」

「それは……っ」

自分でもなんで顔を赤らめたのかわからないのに、説明なんてできるわけがない。それで口籠った僕に、姫宮はしつこく絡んできた。

「なんで赤くなったの？　まさか、ヤっちゃった？」

「やってませんよ！」

「えー。逞しいかおるちゃんの胸板を思い出したんじゃないのお？」

「え」

そこで反応するべきではなかった。が、根が正直者といおうか、腹芸の一つもできない僕は、その瞬間馬鹿正直に固まってしまったのだった。

途端にまた、かあっと頬《ほお》に血が上っていくのがわかる。

「え？　嘘。マジ？」

「まさか本当に？　嘘だろ？」

僕のリアクションは姫宮と星野を相当驚かせたようだ。二人が僕へと身を乗り出し、勢い込んで尋ねてきたのに、

「ち、違います！」

このままでは誤解されてしまう、と僕は慌ててぶんぶんと首を横に振った。

「確かに百合さんの裸を思い出しましたが、それには理由があって、あの、僕が昨日、服を着たままシャワーを浴びようとしたので百合さんまで濡れてしまって、それで……っ」

「なにそれ、あやしー」

「おいおい、マジだったのかよ」

誤解を解こうと、あれこれ説明したが、かえってそれが二人の誤解を深めることになったようだ。ほとんど腰が引けてしまっている二人に、違うのだ、と尚も僕が説明しようとしたそのとき、

「コミュニケーションが円滑なのはいいが、少し騒がしいな」

室内に凛とした藤堂の声が響いたのに、僕も、そして姫宮と星野も一斉に息を呑んだ。

「し、失礼しました」

「申し訳ありません」

姫宮と星野が慌てて詫びるのを見て、僕も彼らに倣って、

「申し訳ありませんでした」

と藤堂に詫びる。と、藤堂が顔を上げたかと思うと、

「唐沢」

と僕の名を呼んだものだから、一体何事だ、と、椅子から飛び上がる勢いで席を立ち慌て彼の前へと進んだ。

「はいっ」

「………」

藤堂の目線が僕の頭のてっぺんから爪先までをざっと通過する。

「あ、あの、本当に百合さんとは……」

騒がしいと注意されたということは、話の内容が藤堂の耳に届いていた可能性は高い。僕だけ呼び出されたのは、同件だと——僕と百合との間に何があったのかを、彼もまた知りたいからだろう、と勝手に判断し、そう喋り始めた僕の声に、藤堂の淡々とした声が重なって響いた。

「身だしなみのチェックをしただけだ。外泊をしてもいいが、常に身だしなみには気をつけるように」

「……え……そこ？」

まさかそこか？　そこなのか？　という思いがつい、口をついて出た。

「ゆ、悠真っ」

「おいっ」

背後で姫宮と星野が揃って上げた仰天した声に、藤堂相手になんて失礼な口を利いてしまったのだ、と気づかされた僕の頭から、さーっと血の気が引いていく。

「も、申し訳ありませんっ！」

こうなったら詫びるしかない、と頭を下げた直後、しまった、声がでかすぎたと気づき、慌ててまた詫び直そうとした僕の耳に、実に淡々とした藤堂の声が響いた。

「いいから席に戻れ」

「は、はい……」

すでに藤堂は僕を見ておらず、手元の書類に視線を落としていた。これ以上この場にいると、また昨日のように篠に注意をされてしまう。

もしも誤解されたままだとしたら、参ったなあ、と思いながら僕はすごすごと席に戻ったのだが、座った途端、姫宮と星野、二人から抑えた声で総ツッコミを入れられてしまったのだった。

「バカねっ！　ボスにタメ語なんて、百五十万年早いわよっ」

「もう、心臓止まるかと思ったぜ。ボケかますにもほどがあるっ」

「す、すみませんっ」

僕も心臓が止まりそうになったと、二人に詫びながらも、はあ、と大きく息を吐く。

「ほんとにこの子はもう……」

姫宮はそんな僕を呆れたように見ていたが、やがて何を思いついたのか、にやり、と笑うと近く顔を寄せ、囁きかけてきた。

「で？　かおるちゃんとは何があったの？　逞しい胸に抱かれちゃった？」

「違いますって」

またその話題か、と、呆れたあまりつい声のトーンが上がりそうになるのを、いけない、と事前に気づいて抑えると、今度こそ、と僕は昨夜の出来事を——といっても僕はまったく覚えちゃないが——かいつまんで彼に説明した。

「なんだ、そうなの」

途端につまらなそうな顔になったところをみると、もしかしたら姫宮は本気で僕と百合との間に何かがあったと思っていたのかもしれない。

そんなわけないじゃないか、と、ちらと彼を見る。と、僕の考えていることがわかったのか姫宮は、

「だって」

と口を尖らせ、言い訳のようなことを言い出した。

「悠真が『逞しい胸』に反応するからさあ」

「あれは……」

確かに反応したが、僕が目を奪われたのは逞しさではなく胸に残る傷だ。それを姫宮に言うと、途端に彼は「ああ」と痛ましそうな顔で頷いてみせた。

「酷い傷だったでしょう? 生死の境を彷徨《さまよ》ったんですもの」

「え?」

確かに左胸から右の腹にかけて、大きな傷が走っていた。生死の境を彷徨ったというのもわかる、と百合の裸体を思い起こしていた僕の耳に、姫宮の声が響く。

「あの怪我のせいでかおるちゃん、半年も休むことになったんだけど、あれ、バディを庇《かば》ってのものだったのよ」

「……え?」

百合の『バディ』――その単語がなぜか僕の胸にずしりと響く。それまで僕は百合があの怪我をいつどこで負ったのか、追究することすら忘れていたというのに、姫宮のあまりに気になる発言を聞いた今、それを知りたくてたまらなくなっている自分に戸惑いを覚えずにはいられなかった。

4

「あの、バディを庇ったって……？」

百合の身体に残るあの酷い傷――あんな傷を負うことになった経緯も知りたかったが、それ以上に僕は彼の『バディ』の存在が気になっていた。

百合のバディというのは、一体どういう人物だったのだろう。そしてなぜその『バディ』は今ここにいないのか。

まあ、いないからこそ僕が彼の新しい『バディ』になったのだが、と思いつつ問いかけた僕に、姫宮が事情を説明してくれた。

「半年ほど前だったわ。我々藤堂チームは日米首脳会談の警護に当たってたんだけど、そのとき身体に時限爆弾を巻きつけたテロリストが会場内に潜り込んでいたの。かおるちゃんの機転で自爆される前にその男を外へと連れ出すことには成功したんだけど、爆発は食い止められなくてね……」

ここで姫宮は痛ましそうに小さく溜め息をつくと、再び口を開いた。

「かおるちゃんのバディは雪也《ゆきや》っていったんだけど、爆弾系には強い子だったんで、彼がギリギリまで時限装置を止めようと頑張ったのよ。でも、結局間に合わなくて……爆発から雪也を庇ったこともあって、かおるちゃん、一時は生死を危ぶまれるほどの重傷だったの。それを半年で回復させるなんて、ほんと、人間とは思えないわ」

もうゾンビよ、と、姫宮は笑っていたが、彼がそんな軽口を叩けるのも百合が無事に復活したためだろう。

「あの……百合さんのバディは？」

雪也という名前だったのか、と思いながら問い返した僕に姫宮は更に痛ましそうな顔になり、ショッキングな事実を口にした。

「爆発時に飛んできた破片で片目を失明してしまったの。それで警察を辞めちゃったのよ。片目では警護課は無理だけど内勤ならと、ボスもあたしたちも皆して引き留めたんだけど、どうしても辞めるって……かおるちゃんに大怪我させたのは自分だって、責任感じたみたい。かおるちゃんも辞める必要はないって随分言ったんだけどねえ……」

「………そうだったんですか……」

当たり前の話だが、要人警護のＳＰの仕事は常に危険がつきまとう。死と隣り合わせの世界にいるといってもいいだろう。

僕は誰に教えられるより前に、身を以てそのことを知っていた。SPだった父が、僕が幼い頃に殉職をしていたためだ。

まだ僕は小学生だった。突然の父の死を受け止めかね、呆然としていたために記憶は曖昧だが、葬儀の日は晴天で抜けるような青い空が目に眩《まぶ》しかったことと、ものすごい数の警察官が式に参列していたこと、そして、母がやけに気丈に振る舞っていたことは鮮明に覚えていた。

『覚悟をしておりましたから』

大丈夫か、と問われるたびに母はそう答えていた。SPの仕事につくということは、本人も、そして家族も常に死を覚悟していなければならないものなのだ、と僕は母のその姿から学んだ——はずなのに、今、百合とそのバディの話を聞き、酷く衝撃を受けている自分がいた。

何がショックなのだろうと考え、『死』の手前にSPを辞めざるを得ないほどの大怪我を負う可能性があるということを考えていなかったためかと気づく。

もしも自分がその立場になったら——SPになるためにここまで頑張ってきたというのに、怪我でSPを辞めざるを得なくなったら、生きる気力を喪失してしまうだろう。

想像するだけで怖くなり、自然と身体が震えてきた。と同時に、雪也という名の彼の現状も気になってしまい、姫宮に聞いてみた。

「あの、その方は警察を辞められてからは……?」

「なんでも出身大学の研究室で博士号をとることにしたと人伝《ひとづ》てに聞いたわ」

姫宮はそう教えてくれたあとに少しバツの悪そうな顔になり、「言い訳をするわけじゃないけど」と言葉を続けた。

「警察を辞めたあと、雪也と連絡が取れなくなったの。向こうからシャットアウトされたというか……気持ちはわからないでもないけど、寂しかったわ」

「……そうだったんですか……」

僕にも両方の気持ちがわかり、なんとなく声が沈んでしまった。と、そのときドアが勢いよく開いたかと思うと、
陽気な声を上げ、百合が部屋に入ってきた。

「モーニン」

「……」

ちら、と藤堂が顔を上げ、百合を睨む。挨拶がフランクすぎると言いたいようだ。

「おはようございます、ボス」

気づいた百合が——おそらく最初からわかってててやってるんじゃないかと思えて仕方がない——馬鹿丁寧な仕草で藤堂に頭を下げる。

「おはよう」

慇懃無礼《いんぎんぶれい》としか言いようがないのに、今度は百合を睨むことなく淡々と答えると、再び藤堂は手元の書類へと目を向けてしまった。

百合と藤堂の間には何か因縁でもあるんだろうか、と思いながらその様子を見ていた僕は、不意に百合が視線を向けてきたのに、なぜか酷くどきりとしてしまい、慌てて目を逸らせた。

「どうした、まだ酔いが醒めないか？」

藤堂のあとには僕をからかおうというのか、百合が笑いながら近づいてくる。

「かおるちゃん、昨日はお楽しみだったたってホント？」

と、僕が何を言うより前に姫宮が百合にそんな、とんでもないことを聞いたものだから、ぎょっとしたあまり僕はまた大きな声を上げてしまった。

「違いますって！」

「すでに始業時間は過ぎている。私語をするなとは言わないが緊張感を保て」

「も、申し訳ありませんっ」

昨日からもう何回目だ、という叱責を藤堂から受け、またも僕は縮み上がった。

「はい」

「失礼しました」

星野と姫宮もまた、さっと青ざめながら返事をすると、それぞれにパソコンの画面を眺め始める。

「コミュニケーションも大事な仕事のうちだと思うがなあ？」

そんな中、一人百合だけがのびのびとした様子でそう言うと、なあ、というように僕に笑いかけてきた。

「………」

いくらバディだからとはいえ、これ以上叱責仲間に引き込まないでほしい、と、あえて百合が声をかけてきたのに気づかないふりをし、引き出しからパソコンを取り出そうとしたのに、百合はしつこく絡んできた。

「無視とは冷たいじゃないか、悠真。熱い夜を過ごした仲だろう？」

「な……っ」

そんなこと、人に聞かれたら誤解されるじゃないか、と百合を見やった途端、目が合った彼に、にやりと笑われる。

「ああ、『冷たい夜』だったな」

「あのねえっ」

からかわれたのだ、とわかり、頭にカッと血が上る。それでまた声が高くなってしまった僕の耳に藤堂の凜とした声が響いた。

「コミュニケーションを図っているところに悪いが、百合、唐沢、仕事だ」

「ち、違います、そんな……っ」

強烈な嫌みの応酬に、慌てて言い訳しようとした僕の腕を百合が摑み黙らせる。

「はい」

一言のみ返事をし、僕を引きずるようにして藤堂の前へと進む百合を、思わず恨みがましい目で見上げてしまったが、百合の表情を見てそんな場合じゃないと思い知らされた。

今までのおちゃらけぶりはすっかり影を潜め、真摯《しんし》な目で藤堂を見つめている。オンとオフの切り替えがこうも早くできるのは凄い、と感心しつつも、感心するんじゃなくて僕もそうならねば、と、凛々しい百合の顔に気が引き締まる思いがした。

「来年建て替えが決定している銀座《ぎんざ》の歌舞伎座《かぶきざ》の公演に、各国大使を招待するイベントが来週行われる。その警護に我々がリーダーとして当たることになった。警護プランはすでに上がってきているのでこれから見せるが、確認後二人で歌舞伎座に下見に向かってくれ。プランの穴がないかのチェックを頼む」

言いながら藤堂がパソコンの画面を僕らへと向ける。そこには歌舞伎座の見取り図と、警察官の配置が描かれていた。

「プリントアウトしたものはこちらです。出席予定の大使はこちらとなります」

いつの間にかすぐ背後に近づいていた篠が、百合と僕、それぞれに数枚のA４用紙を渡してくれた。

「わかりました。すぐ向かいます」

百合はそう返事をすると僕を振り返り「行くぞ」と声をかけてきた。

やっぱり彼の顔も声も、先ほどのふざけたものとはまるで違う凛々しさで、僕は思わず真摯なその表情に見惚れてしまった。

「おい？」

返事の遅れたことを訝《いぶか》ったらしい百合に声をかけられ、はっと我に返る。

「はいっ」

慌てて返事をした僕の頬になぜか血が上ってきた。

「どうした？」

急に顔を赤くしたせいか、百合が心配そうに問いかけてくる。

「体調でも悪いのか？」

「な、なんでもありません。大丈夫です！」

まじまじと顔を見られると、ますます頭に血が上ってくる。一体どうしたことかと僕は内心慌てながらも、大丈夫、と、首を激しく縦に振ってみせた。

「それなら行くぞ」

百合は尚も心配そうにしていたが、ニッと笑うと僕の先に立ち部屋を出ていこうとした。

「いってらっしゃーい」

「頑張れよ」

背後で姫宮と星野が声をかけてくれる。

「いってきます！」

肩越しに振り返り、笑顔で手を振る彼らに元気よく応《こた》え、僕はすでにドアを出かけていた百合に駆け寄って追いつき、彼が押さえてくれていたドアから外に出た。

「歌舞伎座、行ったことあるか？」

駐車場で問われ、あると答えると運転は僕がすることになった。得意分野ではあるし、やはりこういう場合後輩がするもんだろうと思っていたのでなんの疑問もなく運転席に座ったが、助手席に乗り込んできた百合が渡された図面と警護態勢プランを真剣に読み始めたのを見て、だから彼は僕に運転をさせたのか、と理解した。

「二階は貸し切るそうだが、通路は狭いわ人は多いわでなかなか大変そうだな」

見取り図を見ながら百合が呟き、ううむ、と唸《うな》る。歌舞伎座には学生時代に一、二度行ったことがあったが、通路などは確かに狭くて薄暗く、客層はご年配の方が多い、という印象だった。

エレベーターやエスカレーターはなかったように思う。となると、大使たちも皆、階段での移動ということになるのだろう。

客席は狭かった記憶があるが、と歌舞伎座内を思い起こしていた僕は横から百合に「おい」と声をかけられ、横目で彼を見やった。

「はい」

「体調は大丈夫なのか？」

「え？」

問いかけが意外だったために思わず声を上げてしまい、ちょうど信号が赤になったので車を停《と》めて彼を見る。

「あの？」

「熱があるなど、体調が悪いときには事前に報告してくれ。警護に臨むには体調が万全である必要がある。人の命を預かるんだからな。わかっているとは思うが」

「はい。大丈夫です。体調が悪いことはありません」

答えながら僕は、心のどこかで、なんだ、と思っている自分に気づき、唖然とした。身体をいたわってもらったとき、酷くどきりとしてしまったことにも驚いたが、それが仕事のためだとわかった瞬間、今度は酷くがっかりしてしまっている、それもまた驚きだった。

この気持ちの変化は一体なんなんだろう——自分自身のことなのに『なんなんだろう』なんて、と首を傾げていた僕は、百合の、

「おい、前」

という呼びかけに、はっとし顔を上げた。

「あ」

信号がすでに青になっていることに今更気づき、慌ててサイドブレーキを下ろす。

「本当に大丈夫なんだろうな？」

助手席から百合が心配そうに僕を窺《うかが》っているのが目の端に映る。

「すみません、大丈夫です」

呆れられている、と思うと、やたらと鼓動が上がってくるのもなぜなのかと思いながらも僕は、今はそんなわけのわからない気持ちに構っている暇はない、と、運転に集中していった。

歌舞伎座には話がすでに通っているようで、公演中ではあったが手帳を見せると中に入れてもらえた。

百合は僕を振り返り、一瞬何か指示を出しかけたが、すぐに思い直した顔になると、

「俺のあとに続け」

と告げ、それからはまるで僕がいないかのように振る舞い始めた。

百合はともかく、歌舞伎座の中を歩き回った。彼が足を止めるところで僕も足を止め、彼の視線の先を追う。途中で僕は、おそらく百合はチェックの半分を僕に任せようとしたが、きっとできないだろうと判断したのだと察した。

代わりに彼は、自分の仕事ぶりを見せることで僕に学ばせようとしているのだ、とも気づいたために僕は、一つとして百合のすることを見逃すまいと、彼に続いた。

爆弾などを隠せそうな場所、狙撃手が身を潜められそうな場所、そして避難経路——一応、研修も受けているので、百合のチェックポイントは理解しているつもりだが、彼のチェックは実に緻密《ちみつ》で、そこもか、と思うような箇所で何度も足を止めていた。

やがて幕間となり、客たちが次々と食事のために外に出てくると、今度、百合は二階の客席へと足を踏み入れた。

客でごった返している中にわざと割り込んでいったのは、ことが起こった場合のシミュレーションであるようだ。通路が狭い上に階段の勾配《こうばい》も急で、何かあったときには客席内はパニック状態に陥るだろうと思いながら僕は周囲を見渡した。

休憩時間の間に百合は客席を回り、その後は楽屋や舞台裏にも足を運んだ。有名な歌舞伎役者が、何事だ、というように僕たちを見やったが、誰にも咎《とが》められることはなかった。

ついミーハーに、役者を振り返りそうになる自分を、真剣味が足りないと律し、百合の動きを目で追う。

やがて百合のチェックはすべて終わったようで、僕を振り返り、

「帰るか」

と言ってきたときには、歌舞伎座に到着してから二時間が経過していた。

「……すみません……」

多分僕が一人前だったら、半分の一時間で済んだのだ。それを謝ると百合は、

「馬鹿」

と笑い、ぽん、と僕の頭を叩いた。

「次はお前に任せるさ」

「はい。頑張ります」

新人とはいえ、僕も特殊な訓練を積んでいるのだから『即戦力』にならねば困る。だが僕には昨日の失敗があるので、任せられないと判断されたんだろう。

すべては自業自得、落ち込んでなんていられない、と僕は百合に向かい己の決意を表そうと大きく頷いてみせた。

「…………」

百合は何かを言いかけたが、すぐにふっと笑うと、また、ぽん、と僕の頭を軽く叩き、

「行くぞ」

と視線を前へと向けた。

「はい」

百合が一瞬見せた柔らかな笑みに見惚れそうになっていた僕は、はっと我に返り慌てて彼のあとを追う。

百合は出入口に立っていた歌舞伎座の人間と警備員、それぞれに丁寧に挨拶をしたあと、建物の外に出た。僕も彼に倣い彼らに頭を下げてから外に出る。

「あ」

と、前を歩いていた百合の足が急に止まったものだから、僕は彼の逞しい背中に追突しそうになり、慌てて足を止めた。

「百合さん？」

どうしたのだ、と少し身体をずらし、彼の顔を見上げようとしたときには、百合は歩き出していた。

「雪也！」

彼が大きな声で名を呼ぶ先で、一人の長身の男が足を止め百合を振り返る。

「百合！」

男の口から百合の名が発せられた途端、百合が男に向かい走り出した。何がなんだかわからないながらも僕も彼のあとを追う。

「雪也、お前、元気だったか？」

百合はすぐに男に追いつくと、彼の肩や腕をばしばしと殴った。

「痛いよ」

男が苦笑し、一歩下がる。

「ああ、すまん」

百合が慌てた様子で詫びたのに、男が「いや」と首を横に振る。そんな二人のやりとりを僕は少し離れたところでただ呆然と見つめていた。

長身の男は、なんというか——とても綺麗な人だった。同性に対して『綺麗』と思ったのは、藤堂に続いて二人目だ。

藤堂は凛とした美しさとでもいうんだろうか、美人でも弱々しい感じは微塵《みじん》もないが、今、百合と話している彼はどこか儚《はかな》げな印象を僕に与えた。

雪也という名は確か、百合のもとバディの名だったと思う。あの綺麗な人がそうなのか、と僕は、百合が頭を掻きながら笑いかけている彼を思わず凝視してしまっていた。

「元気だよ。百合も復帰したんだな」

にこ、と微笑む顔もまた、儚げである。

「ああ。お前も大学に戻ったとか……」

そんな彼に話しかける百合の口調は、今まで聞いたことがないくらいに優しげなものだった。

「……うん……あの……」

頷いた男が——雪也が、少し思い詰めた顔になり百合を見上げる。

「ん?」

またも優しげに問い返した百合から雪也は目を逸らせると、ぼそぼそと、少し離れたところにいる僕には聞き取れないほどの小さな声で言葉を発した。

「……ごめん。何度も電話くれたのに出なくて……携帯の番号も変えたし……」

「気にするな。元気だったのならいいさ」

百合の手が上がり、雪也の頭をぽんぽんと軽く叩く。それを見たとき僕の胸はやけにどきりと脈打ち、一体どうしたことかと慌ててしまった。

「……ごめん……」

雪也は尚も百合に謝り続け、顔を上げようとしない。

「いいって。それより歌舞伎、観に来たのか？」

百合はそんな彼の視線を追って顔を覗き込むと、殊更明るい声で尋ねかけた。

「うん。もうすぐ建て替えだって聞いたから……」

雪也はそう言うと、ふと顔を上げ視線を僕へと向けてきた。不意のことではっとし、目を逸らしそうになったが、それも不審か、と思い直し、僕から会釈をした。

「ああ、彼は昨日配属になった新人の唐沢だ」

雪也が何を尋ねるより前に百合は僕を見ながらそう紹介すると、来い、というように目配せをして寄越した。

「はい」

慌てて二人へと駆け寄ると、今度百合は僕に雪也を紹介してくれた。

「もと同僚の吉永《よしなが》だ」

「唐沢です。よろしくお願いします」

「吉永です。君が新しい百合のバディなのかな？」

雪也が——吉永が微笑み、僕に問いかけてくる。笑った顔も綺麗だな、と思いながら僕は『はい』と言うべきか否かを少し迷い、百合を見た。吉永もまた百合へと視線を向ける。

「ああ、そうだ」

百合が頷き、僕の肩を抱く。そのときなぜか僕は、ほっと安堵《あんど》の息を吐きそうになり、慌てて唇を噛み締めた。

「そうなんだ」

吉永がまたにっこり笑い、ちら、と百合を見たあとに僕に話しかけてくる。

「百合は口が悪い上に少々強引な男だけれど、とにかくいい奴だよ。よろしくフォローしてやっておくれね」

「はい……」

頷いたとき、またも僕の鼓動は変な感じで脈打ち、僕を内心慌てさせた。

「おい、なんだよ。その、持ち上げてんだか落としてんだかわからない台詞《せりふ》は」

百合が心底可笑しそうに笑い、吉永の肩のあたりを軽く小突く。

「充分褒めたつもりなんだけど。それこそ五割増しで」

「あれで五割か。ひでえな」

軽口を叩き合い、笑い合う二人は本当に仲がよさげに見えた。

「それじゃ、僕はこれで」

笑顔のまま吉永が僕に軽く会釈をし、その場を離れようとする。

「失礼します」

頭を下げた僕の耳に、少し慌てた百合の声が響いた。

「待てよ、雪也。連絡先、教えてくれ」

どこか切羽詰った感のある百合の声を聞いた途端、僕の胸はまた、どき、と嫌な感じで脈打った。

「ああ、勿論。携帯でいいかな？」

吉永が気安く頷きポケットから携帯電話を取り出す。百合もまた携帯を取り出し、二人は赤外線で番号を交換し合った。

「それじゃ」

吉永が百合に笑顔を向け、僕にも再び軽く会釈をしてから踵《きびす》を返す。

「連絡していいんだよな？」

その背にかけた百合の声は、やはり少し切羽詰っているように僕の耳に響いた。

「ああ」

吉永が振り返り、笑顔で頷いたあとにまた前を向いて歩き始める。彼の後ろ姿を百合はいつまでも——それこそ人波に紛れたあともじっと見つめていた。

「……あの……」

動き出す気配のない百合に恐る恐る声をかける。と、百合ははっとした顔になり僕を振り返った。

「すまん、俺らも行こう」

少しバツの悪そうな表情でそう言い、百合が僕の背に腕を回して車へと向かい歩き始める。ちらと見やった横顔は、何か考え事をしているような感じで、今までにない彼のそんな表情を見て、僕はなんとも落ち着かない気持ちを味わっていた。

百合は、帰りは自分が運転すると言い、僕が返事をするより前に運転席に乗り込んでしまった。

「すみません」

先輩に運転などさせていいんだろうかと案じつつも助手席に乗り込む。車が走り始めてしばらくは、車中に会話はなかった。百合はじっとフロントガラスの向こうを見つめていたが、彼が何か考え事をしているのはあまりに明白だった。

一体何を考えているのかは、聞かずともわかる。きっと百合は今別れたばかりの吉永のことを——かつてのバディについて考えているに違いなかった。

それにしても綺麗な人だった、と僕もまた、吉永のことを思い起こしていた。しかしものすごい偶然だ。吉永の話を今日姫宮から聞いたばかりだというのに、その本人に会うなんて、偶然にしてもほどがある。

百合とはとても息の合ったバディだったということだが、二人のやりとりを見ていると本当にそうだったのだろうなあ、と頷ける気がした。

確か吉永は片目を失明したという話だったが、眼鏡やサングラスをしていなかったためか、見ただけではわからなかった。

退職のショックからか、連絡を一切絶ったそうだが、先ほど彼は百合と携帯番号を交換していた。もう吹っ切れたということなんだろうか、と儚げな彼の笑顔を思い起こしていた僕の耳に、百合の声が響いた。

「歌舞伎座の下見の報告、まずお前がまとめてみろ」

「あ、はい」

いつの間にか百合の頭は仕事モードになっていたようだ。慌てて返事をし、今見てきたばかりの歌舞伎座のあれこれを思い起こそうとしていた僕の脳裏にはそのとき、その歌舞伎座前で会った吉永の儚げな笑顔がなぜだか酷く克明に浮かんでいた。

5

百合と僕の持ち帰った歌舞伎座の実施レポートを元に警備態勢の見直しが図られ、一週間後、各国大使を招待しての観劇会が予定どおり催されることとなった。

会場の警備はこれでもかというほど堅固なものになったが、それは昨今頻発しているテロ行為の影響だった。

テロリスト、などというと、遠い異国で横行している犯罪というイメージだが、このところ日本国内でも実はテロ行為が頻発しているのだった。

国内に拠点を置く大規模なテロ組織があるという話だったが、未だに尻尾《しっぽ》は摑めていないそうである。犯行声明を出すなどの働きかけはなく、今のところ地下に潜っているようだが、彼らの攻撃は半端ないという話だった。

「おそらく、奴らは狙《ねら》ってくると思う」

百合は皆にそう主張したが、実は僕もまた『これは危ない』という印象を現場に足を踏み入れた途端に感じた。僕は体感として得ただけだったが、百合はしっかりした分析を行っていたようだ。それがわかったのは彼が藤堂の、

「その根拠は？」

という問いに立て板に水のごとく答えた、そのときだった。

「彼らにとってはこれほどのパフォーマンスの場はないからです。各国大使が一堂に会する今回のようなイベントでテロ行為が行なわれれば、各国メディアは一斉に取り上げるでしょう」

「そのとおり。皆、心して警護に当たるように」

藤堂もまた、百合と同意見のようで、いつも以上に厳しい顔つきをしていた。

今回は彼も現場入りし、彼のバディのアンドレ――ではなく、篠も一緒だった。各国大使には他のチームのSPたちがそれぞれ張りつき、藤堂チームは開場前の歌舞伎座内の総点検のあとには、二階出入口での来賓チェックを担当することとなっていた。

歌舞伎座内は昨夜の公演終了後に、爆発物などのチェックはすべて終わっていた。その後も警官がすべての出入口に配置され、不審者の出入りをチェックしていたが、特に変わったことはなしという報告が上がってきていたため、我々は昨夜のチェックの再確認をすることになっていた。

確認方法は、たとえばゴミ箱や消火栓など、爆弾を隠される可能性のある箇所は、安全を

確かめたあとに特殊加工を施されたテープを貼《は》る。テープは一度剝《は》がすと変色し、貼り直しができない仕様となっていた。

そのテープをチェックするのが僕らの仕事である。ほんの数時間前にチェックしたばかりである上に、その後も会場は警護していたのだから、再チェックは不要ではないかという声も上がったそうだが、念には念を、と藤堂はそれらの意見を撥ね返し、再チェックを敢行した。

「特に二階を重点的に。勿論、地階から三階までくまなくチェックするのは言わずもがなだが」

「はい」

「わかりました」

藤堂の指示に、百合、姫宮、星野、そして僕はそれぞれに返事をし、各自割り振られた箇所へと向かった。百合と僕は三階の担当だったので、二手に分かれ左右両端からチェックを始めた。

ゴミ箱も消火栓も、テープは無事である。このテープのことは機密事項となっているのだが、一日でチェックできるのは素晴らしい。よく考えたものだよな、と、感心し、ゴミ箱に貼られたテープに触れてみる。

「あ」

SP

勢い余って強くゴミ箱を押すことになり、いけない、と手を引きかけたとき、何か中に入っている感触を確かに僕は得た。

「……？」

当然ながら昨夜のうちにゴミ箱はすべて空の状態になっているはずだ。なのにどういうことなのだ、と首を傾げた直後、僕ははっとしてインカムに向かい叫んでいた。

「三階のゴミ箱内に不審物があります！」

『なに？』

『三階のどこだ』

インカムから百合の声に続き、藤堂の声も響いてくる。

「扉2の前のゴミ箱です」

インカムに向かい答えたときには、同階にいた百合がすでに僕の傍に来ていた。

「不審物だと？」

言いながら百合が僕の前にあるゴミ箱へと近づいてくる。

「はい。中に何か入ってます」

僕の答えに百合が不審そうに眉を顰《ひそ》めたのは、チェックのシールが貼られたままになっているのに気づいたためだと思われた。

「シールの変色はありませんが、中は空ではありません」

「……爆弾だろう。爆発物処理班を呼んだほうがいいかもな」

僕の言葉を聞き、百合がぼそりと呟く。

「……え……？」

不審物といえば爆弾の可能性が高い。当たり前のことなのに、『爆弾』と聞いた途端僕の背筋を冷たいものが流れた。

「不審物というのは爆弾か？」

と、そのとき、藤堂を先頭に篠、姫宮、それに星野が階段を駆け上ってきて次々と僕らの前までやってきた。

「未確認です」

百合が返事をしたあと、不意に手を伸ばし、シールをベリベリと剝がす。剝がされたシールは変色し再び貼れない状態になっていった。

「……爆発物処理班を頼む」

中を覗き込んだ百合が告げた、その言葉を聞き「ええっ？」と驚きの声を上げたのは僕だけだった。

「至急爆発物処理班を。本日の大使の観劇会は中止。各所に連絡を頼む」

淡々とした声で藤堂がインカム越しに命じたと同時に、姫宮と星野が走り出した。

「……え？」

「他にも爆弾が仕掛けられている箇所があるかもしれない」

どうしたんだ、と彼らの動きを目で追っていた僕の背を百合がそう言い叩く。

「は、はいっ」

言われてみたらそのとおりだ、と僕もまた次のゴミ箱を目指して駆け出した。ベリベリとテープを剝がし中を確認する。

『ありました！』

インカムから姫宮の緊張した声が響く。

『こちらもありました』

星野もまた発見したことがインカム越しに伝わってきた。

一体どういうことなんだろう――昨夜のうちにゴミ箱のチェックは済んでいたはずなのに、なぜいくつも爆弾が見つかるのか。本来ならこのチェックは不要とまで言われていた。

なのになぜ――次なるチェックポイントに向かい駆け出す僕の額にはびっしりと汗が浮いていた。手の甲でその汗を拭《ぬぐ》ったとき、インカムから百合の声が響いた。

『爆発物を発見した。至急処理を頼む』

「…………」

また見つかったのか、と呆然としそうになる自分を、そんな場合じゃないだろうと律し、まずは落ち着いて任務に当たることだ、と自身に言い聞かせると僕は自分の持ち場をくまなく点検せねばと一人拳を握り締めたのだった。

結局それぞれの階のゴミ箱、それに弁当売り場のカウンターの下から、合計十個の爆弾が発見された。

すべてに時限装置がついており、爆発時刻は一幕目と二幕目の間の長い休憩時間に設定されていた。破壊力はそれほど大きなものではないが、近くにいれば確実に死亡する程度の威力はあるということで、その時間、ロビーが客でごった返していることを思うと大惨事になることは必至だった。

警視庁に戻ったあと、警護の責任者である藤堂は上司に呼ばれ一時間ほど戻ってこなかった。その間に僕たちは室内で額をつき合わせ、誰がいかにして爆弾を仕掛け得たかを考え始めた。

「昨夜、チェックをした中に、テロリストの仲間が紛れ込んでいたってのが、可能性としては一番アリじゃない?」

姫宮の意見は僕ももっともだと思ったが、警察官の中にテロリストが混じっているとはちょっと考えたくなかった。

「それにしては数が多すぎる。昨日のチェックは総勢二十名、各フロア一斉に行ったという話だ。一人二人じゃ、各フロアに合計十個もの爆弾を仕掛けるのは不可能だろう」

昨日の警備状況の報告が上がってきていたのに早くも目を通していた百合が姫宮の案を退

ける。

「となると、警護が終わったあと忍び込んで？　それも無理がないですか？　歌舞伎座の出入口はすべて警察の人間が押さえていたし、それに特殊加工のテープの件もあります」

続いて星野が更に可能性を潰すことを言い出したのに——体育会系を体現したかのような彼は、百合に対する口調は酷く丁寧なのだった——百合は今度は彼に向かって、

「そのとおり」

と頷き、うーん、と腕を組んで唸った。姫宮も星野も同じように腕を組み、首を傾げている。

僕も皆と同じく頭を捻《ひね》ったが、一つとしてこれ、という答えを思いつくことはなかった。

「侵入はともかく、テープを事前に用意するのは不可能だ」

「でも、ゴミ箱に爆弾を仕掛けるのに、テープを剝がない方法はないわ」

百合の発言に被せるように、姫宮が言葉を続ける。

「何かしらの手を使ってテープを手に入れたのでは？」

星野の発言にまた、姫宮が「でも」とすぐ反論した。頭の回転がものすごく速いのがわかる。

「あのテープの使用が決定したのは一昨日《おととい》よ。たとえ情報を入手したとしても、たった二日でどうやって同じテープを用意することができる？」

「それは……」

理路整然と言い返され、星野がぐっと言葉に詰まる。と、そのとき不意に部屋のドアが開いたかと思うと、カツカツと靴音を響かせて藤堂が中へと入ってきた。皆がはっとした顔になり、藤堂を囲む。

「ボス、あの……」

姫宮が何かを問おうとして口を開いたが、よほど言いづらいことなのか口籠る。星野もまた俯き、ちら、と藤堂を見やった。

上層部からの呼び出しは、今回の責任を問われてのものではないかと二人は心配しているようだ。さすがに『どうでした?』とか『大丈夫でしたか?』とはちょっと本人に聞きづらいよな、と僕もまた俯いたその耳に、百合の心配そうな声が響いた。

「大丈夫か?」

「何がだ」

答えた藤堂の声はいつものごとく酷く淡々としたものだった。それを聞き、百合が、姫宮や星野が、ほっとした顔になったのが、ストレートな百合の問いかけに思わず顔を上げてしまっていた僕の視界に飛び込んでくる。

「呼び出されたのは処分ではない」

相変わらずあまり感情を感じさせない喋り方で藤堂が言葉を続ける。本人が淡々としているものを、僕らがあからさまにほっとするのも何か、と思いながらも、安堵から自然と顔が笑ってしまっていた僕は、だが、続く藤堂の言葉に再び緊張することとなった。

「処分のほうがまだよかったかもしれないが」

「どういう意味だ？」

肩を竦める藤堂に、百合が間髪入れず問いかける。姫宮や星野、それに僕も注目する中、藤堂は僕らをざっと一瞥したあと、おもむろに口を開いた。

「警護の情報が漏洩していたことがわかった。サーバーに侵入された形跡が見つかったそうだ。巧妙に履歴は消してあったらしいが」

「なんですって？」

「ハッキングですか？」

姫宮と星野が揃って驚きの声を上げる中、百合だけが冷静に藤堂に問いを発した。

「ハッキングで警護の隙《すき》をついて歌舞伎座内に侵入したとしてもテープはどうなる？　同等品を二日で作るのは無理だろう」

「作らずとも業者に手を回せば入手できる」

なるほど、と百合の着眼に感心する暇《いとま》もない藤堂の即答ぶりにまた驚く。と、またも百合が、なるほど、と思わせる問いを藤堂に発した。

「二日で業者を調べるのか？」

「知っていた、と見るのが自然だろう」

「え？」

今度も即答した藤堂の前で百合が一瞬絶句する。

「それは……」

姫宮や星野も何か思い当たったようで、皆の顔色がさっと変わった。

「？」

わけがわかってないのは僕だけのようだった。藤堂と、彼の背後にいつものごとく控えている篠も青ざめてはいなかったが、当然ながら二人は事態をすべて把握しているに違いない。

一体皆は何を驚いているのだろう、という僕の疑問に答えてくれたのは、続く百合の藤堂への問いかけだった。

「それは、警察内部にテロリストと通じている者がいるということか？」

「あ……っ」

そういうことだったのか、と納得したと同時に、そんな馬鹿な、という思いから、僕の口から思わず声が漏れてしまった。皆がちらと僕を見たのは多分、今頃理解したのかと呆れたためではないかと思う。が、理解が遅い、と僕に突っ込んでくる人間は誰もいなかった。皆、それどころじゃなかったのだ。

「その可能性が高い。しかも警護課の——我々のごく近いところにいると思われる」

藤堂が頷くと、皆の口から一斉に驚きの声が上がった。

「SP内にテロリストがいるというのですか？」

「そんな馬鹿な……っ」

「内部にいるとは限らない。関係者かもしれないし退職者かもしれない」

皆の動揺を余所《よそ》に藤堂は淡々とそう言うと、不意に視線を百合へと向けた。

「なんだ？」

気づいた百合が問い返したあと、にや、と笑い言葉を足す。

「俺が内通者と疑われているのか？」

「なわけないでしょ」

「ふざけてる場合じゃないですよ」

慌てたように姫宮と星野が百合を諌《いさ》める。

「悪い。俺も相当動揺してるらしい」

百合が素直に謝り、改めて藤堂を見やった。

「失礼しました。なんでしょう、ボス」

「歌舞伎座の下見の際、吉永に会ったと言っていたな？」

「はい。それが？」

藤堂が冷静な口調で百合に問いかけ、百合が訝しげに眉を寄せ答える。先週下見からここへと帰ってきたとき、百合は姫宮や星野に、偶然吉永と会ったという話をしたのだが、それを藤堂は聞いていたようだ。

それにしてもなぜここであの人の名前が出るのか、と首を傾げる僕の見ている前で、百合の顔に一気に血が上っていくのがわかった。

「待ってくれ。まさかと思うが雪也を疑ってるのか?」

「………」

またも僕は、『あ』と声を上げそうになり、慌てて呑み込んだ。僕の脳裏に百合と親しげに話す吉永の綺麗な顔が浮かぶ。

「そうだ」

百合はものすごい剣幕であったというのに、答える藤堂は実にあっさりしていた。

「なぜだ? ただ数日前に偶然現場にいたという、それだけで疑われるのか?」

理不尽すぎる、と、今にも藤堂に向かっていきかねない百合を、姫宮と星野が慌てて押さえた。

「百合さん」

「かおるちゃん、落ち着いて」

「理由はそれだけではない」

藤堂は百合の激昂《げっこう》が目に入っていないかのように、相変わらず同じトーンで話を続けた。

「吉永雪也については、所在不明の状態がここ半年続いている。大学の研究室に戻ったというが、彼の出身大学に確認したところそのような事実はないという話だ。半年も行方《ゆくえ》をくらましていたもとＳＰが事件の一週間前に現場に現れ、お前と接触を持つ。疑うなというほうが無理だろう」

「ちょっと待て。声をかけたのは俺だ」

「どちらにせよ、怪しいということにかわりはない」

更に激昂する百合に、藤堂はそう言い捨てると、話は終わったとばかりにふいと目を逸らし、自席へと向かっていった。その後ろから影のように篠が続く。

「怪しいってなんだよ。あいつは俺のバディだった男だ。何よりあんたの部下でもあったじゃないか。もと部下を疑うのか？」

百合が姫宮と星野の腕を振り払い、藤堂のデスクへと進むと、バシッと机を両手で叩き、彼を怒鳴りつけた。

「今、調査中だ」

藤堂はまったく百合を相手にせず、視線をパソコンの画面に向けたまま、一言のみでそう答える。

「雪也が怪しいなら、接触を持った俺も怪しいということになる。俺も疑ってるってことか？」

またも百合がバシッと机を叩き、藤堂に詰め寄った。と、藤堂は視線を一瞬だけディスプレイから百合へと向けたあとに、一言、

「それも今、調査中だ」

それだけ告げ、すぐに視線をディスプレイに戻してしまった。

「……っ」

百合が息を呑む気配が伝わってきた次の瞬間、彼はものすごい勢いで部屋を駆け出していった。

「かおるちゃん！」

「百合さん！」

姫宮と星野があとを追おうとする。僕も彼らに続こうとしたのだが、背後から響いてきた藤堂の声がそれを制した。

「放っておけ。少し頭を冷やさせろ」

「しかし……っ」

あまりに冷たい言いように星野が振り返り、藤堂に何か言いかける。が、藤堂はそんな彼を一瞥すると、やはり冷たい口調でこう告げたのだった。

「誰であろうと——お前でも、そして私であっても、情報漏洩の事実があった場合には皆同様に調査をされる。ごく当然のことだ」

「………っ」

星野がうっと息を呑み、彼の横で姫宮もまた、はっとした顔になったあと唇を噛む。確かに藤堂の言うとおりなのかもしれないが、それにしても、と僕は百合が出ていったドアを見やり、溜め息をついた。

クールという言葉では追いつかないほどの藤堂のクールさに、僕は圧倒されてしまっていた。リーダーがここまで厳しいからこそ彼のチームは『精鋭』なのだろう、と、席に戻り仕事を始めた姫宮と星野を見やる。

僕らはもう明日には違う仕事が振り当てられていた。外遊に向かう外務大臣の警護だ。その詳細スケジュールがそれぞれの端末に送られてきていて、それを皆無言でチェックしているのだった。

今回、百合と僕は外されることになった。それも藤堂の判断であり、今この場にいない百合が明日来るか、確証がないからというのである。

「百合さんは責任感がありますから」

姫宮がそう取りなそうとしたが、藤堂の決定は変わらなかった。バディの百合が外されたので、僕もまた警護を外れることになった。明日は一日部屋に詰めていればいいという。

明日の朝が早いからということで、午後七時過ぎには姫宮と星野は退社すると言って席を立った。なんとなく残っていた僕も彼らと一緒に帰ろうと思い、支度を始める。

「お先に失礼します」

皆して声をかけた藤堂もまた、明日早いことには変わりはないのに、パソコンに向かったまま、目だけを上げて、頷いてみせた。

部屋を出た途端姫宮が、

「なんだかさあ」

と憤った声を上げ、星野と僕を見やった。

「酷いわよね。ボスのあの言いよう」

「姫、中に聞こえるぞ」

慌てて星野が、しぃ、というように人差し指を己の唇に当て姫宮を黙らせようとする。

「聞こえたっていいわよ。正論は正論だけど、言い方ってもんがあるでしょう」

「百合さんを疑ってないからこそ言えたっていう考え方もできんだろ？　本当に疑ってる相手にはそれを悟らせないと思うぜ？」

「もう、なんであんたはそんなに冷静なのようっ」

姫宮が拳で星野の胸を殴りつける。

「いってー！」

相当な力だったらしく、星野が悲鳴を上げ蹲《うずくま》る間に姫宮は「ふんっ」と盛大に鼻を鳴らし、その場を立ち去っていった。

「おい、待てよ」

いてて、と胸を押さえながらも星野が立ち上がり、姫宮のあとを追う。僕もまた二人のあとを追いかけたのは、聞きたいことがあったためだった。

「あの、すみません！」

追いつき、声をかけると、姫宮と星野は二人して足を止め僕を振り返ってくれた。

「なに？」

「どうした？」

「あの、百合さん、どこに行ったか心当たりないでしょうか」

「…………」

「…………」

僕の問いに二人は顔を見合わせたあと、ほぼ同時に口を開いた。

「水嶋さんの店だと思う」

「自棄《やけ》酒、かっくらってるんじゃねえかな」

「……ありがとうございます」

二人に頭を下げた僕の肩を姫宮がぽんと叩く。顔を上げるとやりきれない表情を浮かべていた彼と目が合った。

「今夜はかおるちゃんの自棄酒に付き合えないの。よろしく伝えてね」

「俺もだ。申し訳ないと伝えてくれ」

もう片方の肩を星野が叩きながら、やはりやりきれない表情でそう告げる。

明日の警護のために二人は朝四時から空港に詰めることになっていた。仕事を万全に行うためには体調も万全にしておかなければならない。二人のプロ意識に改めて感じ入りながら僕は、

「わかりました」

と大きく頷くと「それじゃ、いってきます」と二人に頭を下げその場から駆け出した。

「かおるちゃんのバディのあんたに任せたわ！　いってらっしゃい！」

背中で姫宮が叫ぶ声がする。僕が百合を捜しに行こうとしているのは彼のバディだからという理由ではなかった。今、言われて初めてそのことに気づかされたくらいだ。

それならなぜ、百合の行方を捜そうと思ったのかというと——理由は自分でもよくわかっていなかった。なぜか捜さないではいられないでいる自分がいた。

百合がああも激昂する姿を見たのは初めてだった。その怒りの源が、かつての彼のバディにある。それもまた僕にとっては衝撃だった。

バディ——『相棒』という意味であると初日に教えてもらったが、僕と百合の間にはまだその繋がりはない。

星野と姫宮の間には確固たる絆《きずな》が見える気がする。藤堂と篠の間にもだ。絆とは信頼関係

の表れだと思われるが、それだけじゃない気もする。それじゃ、他にどんな意味があるのか、となると、未だに絆が結べていない僕にはそれがわからないのだった。

その答えが欲しい――それが、百合を捜しに行く理由かもしれない、と僕は一人頷くと、築地にある水嶋の店を目指すべく、タクシーを求めて大通りに飛び出したのだった。

6

水嶋の店には一度しか行ったことがなかったが、方向音痴ではSPは務まらないので、すぐに行き着くことができた。ドアを開くとカウベルがカランカランと鳴り響く。

「いらっしゃい」

中を覗くと、水嶋が僕に笑顔で声をかけてきたあとに、ちら、と店の奥へと視線を向けた。

「……あ……」

前に僕たちが通されたテーブルに、一人の男が突っ伏している。顔は見えなかったが百合らしい、と僕は水嶋に会釈をし、真っ直ぐにその席へと向かっていった。

「百合さん？」

肩を揺すると百合が「んー？」と唸り、顔を上げた。

「……っ」

酒くさい、と思わず顔を顰《しか》めた僕を見て、百合が「やあ」と笑う。

げた。

「なんだ、悠真、来たのか」

まあ、座れ、と強引に僕の腕を引いて隣に座らせると百合は、水嶋に向かい大声を張り上げた。

「ワイン、くれ。もう一本！」

「もうそのくらいにしておけよ」

水嶋が呆れた口調でそう言い、奥へと引っ込もうとする。

「俺じゃない。このボーヤが飲むんだよ」

「ボ、ボーヤ？」

いきなりボーヤ扱いされたことに、むっとしている暇はなかった。

「なあ、酒くれよ。ここは酒屋だろ？　客の注文無視するなって」

「ここは酒屋じゃない。レストランだ」

「飲ませてくれんならどっちでもいいんだよ」

「いいわけがあるか」

なんと百合と水嶋の間で言い争いが始まってしまったのである。

「あ、あの、僕、飲みます。でも一本は無理かもっ」

この場を収めるにはどうしたらいいのかと考え、思いついたのが僕が注文をするということだった。

「よしっ！　よく言った！」

百合が喜んで両手を叩き、水嶋がむっとしながらも「赤か？　白か？」と僕に問いかけてくる。

「ええと、そしたら白で」

あまり酒に強くない僕は、すっきりした白のほうが飲みやすいのでそっちにしたが、途端に百合から物言いがついた。

「白は駄目だ。赤にしろ。ポリフェノールが身体にいいんだ」

「じゃ、じゃあ赤で……」

仕方なく注文を変更すると、水嶋は「何がポリフェノールだ」とぶつくさ言いながらも、大きめのデキャンタに赤ワインを用意し持ってきてくれた。

「ありがとうございます」

礼を言った僕に水嶋が、一瞬何か言いたそうな顔をする。が、ワインを見た百合が、

「さあ、飲もうぜ」

と声をかけてきたため、水嶋は軽く肩を竦めると、僕と百合のためにワイングラスを運んでくれた。

「注いでやる」

酔っぱらいの百合が僕からデキャンタを奪い取り、水嶋が持ってきたグラス二つになみな

みとワインを注ぐ。

「こ、零れますっ」

慌てて彼の手を押さえたが、片方のグラスからはワインが溢れてしまった。

「おっと」

百合が慌てて口をグラスの縁へと持っていき、ワインを啜《すす》る。

「それじゃ、かんぱーい！」

そうして彼はデキャンタを離してワイングラスを手に取ると、僕のグラスに強引にぶつけてきた。倒れそうになるグラスを慌てて支え、仕方なく僕も、

「乾杯」

と唱和する。

「わ」

僕の見ている前で百合は一気にグラスを空けたかと思うと、再びワインを注ごうとした。

「おい、いい加減にしろ」

と、いつの間にか近づいてきていた水嶋が彼の手からデキャンタを取り上げ、それで軽く百合の頭を殴る。

「痛えな」

「何か腹に入れろや。唐沢君も腹、減ってるだろう？　ピザでも焼くか？」

百合の上げた非難の声を無視し、水嶋は僕に問いを発した。

「あ、ありがとうございます。いただきます」

僕の名前を覚えてくれていたことに驚きを感じつつ、確かに空腹だったのでお願いする。

「何がいい？」

メニューを示され、よくわからなかったので百合に聞こうとしたが、そのときには百合はもうテーブルに突っ伏していた。

「それじゃ、マルゲリータで……」

かろうじて聞き覚えのあった品を答えてメニューを返す。と、返されたメニューで水嶋は思いっきり百合の頭を叩くと、

「いってー」

と怒声を上げた彼を無視し、厨房《ちゆうぼう》へと引っ込んでいった。

「暴力店主！」

頭を擦《さす》りながら悪態をついていた百合だが、すぐにデキャンタを手に取り自分のグラスをワインで満たす。

「あ、あの……」

さすがに酔っぱらいすぎだろう、と僕は恐る恐る彼に声をかけ、もう飲まないほうがいいと言おうとした。が、そのとき百合が不意に僕へと視線を向け、ニッと笑った上で思いもか

けないことを言ってきたものだから、上りかけていた言葉は再び喉の奥へと呑み込まれていった。

「ここへ来たのは上司命令か？　世話かけて悪かったな」

「……え……？」

問い返した瞬間、百合の言葉の意味を理解した僕は、思わず、

「違います！」

と大声を上げてしまっていた。

「へ？」

今度は百合が戸惑いの声を上げ、僕をまじまじと見やっている。上司命令で捜しに来たと思われたことに、どうしてこうもショックを受けるのかわからないながらも僕は、ここへ来たのは自分の意志だということを伝えようと必死になった。

「ボスに頼まれたわけじゃありません。僕が来たかったから来たんです。来たいっていうか、百合さんがどこへ行ったか気になって……姫宮さんたちも勿論百合さんのこと、心配してましたが、僕は誰かに頼まれてきたわけじゃないんです。僕も心配だったんです」

言ってるうちに、自分が何を喋っているのかわけがわからなくなってきた。が、百合にはどうやら正しく伝わったようだ。

「……悪かった」

バツの悪そうな顔になり、ぼそりとそう呟いたかと思うと手を伸ばし、ぽんぽん、と僕の頭を叩いた。

「……いえ……」

僕もなぜそうもムキになってしまったかわからない、と俯く。と、百合がにや、と笑ったかと思うと身体を仰《の》け反らせるようにしてこんなことを言い出した。

「まあ、考えてみりゃ、あの藤堂が俺を心配することはないか」

あはは、と笑い、ワインを一気に飲み干す。そんなことはない、と言えるものなら言いたかったが、実際藤堂には百合を心配している気配はなかった。だがそれをそのまま伝えるのも憚《はばか》られ、言葉に詰まった僕を見て、百合はそれらのことをすべて察したようだった。

「やっぱりな」

苦笑し、再びワインを注ぎ始めた彼に僕は、何か言わねば、という強迫観念に駆られたせいもあり、今まで気になって仕方のなかったことを聞いてみた。

「あ、あの、百合さんと藤堂さん、特別に親しいんですか?」

「へ?」

またも百合が素っ頓狂な声を上げ、僕を見たあとに、「ああ」と笑い出した。

「お前がそう思ったのは、俺が奴にタメ口利いているからだろう?」

「ええ、まあ……」

まさにそのとおり、ということを言われ、頷くしかなかった僕に百合はまた苦笑すると、思い出を語るような口調で話を始めた。

「タメ語なのは警察学校の同期だからだ。俺と藤堂、それに篠も同期だった。それから……」

ここで一旦《いったん》百合は口を閉ざすと、グラスのワインを一気に飲み干した。

「あ、あの……っ」

ピッチが速すぎる、と注意をしようとした僕の耳に、俯いたまま発した百合の声が響く。

「……雪也もそうだった。ほんのぺーぺーの……いや、ぺーぺーになる前から知り合いだったんだよ」

「……そうだったんですか……」

百合と藤堂、見た目の印象はかなり違うが、同期だと言われると納得できる気がした。加えて篠と、あの吉永も——僕の脳裏に、歌舞伎座の前で儚げに微笑んでいた吉永の美貌が蘇《よみがえ》った。

「同じ釜《かま》のメシを喰《く》った……って、言い方は古いが、苦楽を共にした仲間だからな。結束は固い。その上俺たちは同じチームだった。なのに藤堂は雪也を疑っている。彼がどんな男だったか、誰より知っているのは俺だしあいつだぜ？　なぜ疑える？　なぜ信じてやれないんだ？」

喋っているうちに百合は激昂してきたようで、空になったワイングラスをタンッとテーブルに下ろすと僕にそう訴えかけてきた。

「あ、あの……っ」

どう答えていいかわからず絶句した僕に尚も顔を近づけ、百合が滔々《とうとう》と訴え続ける。

「雪也は俺のバディだった。彼がどれだけ正義感に溢れた人間かということは、俺が一番よくわかっている。退職後連絡が取れなくなったのは、片目の失明によるショックもあっただろうが、俺に大怪我をさせたことへの罪悪感も大きかったんだと思う。それを、そこが怪しいだなんて、藤堂は何もわかっちゃいない。わかっちゃいないんだ！」

「は、はい……」

またもタンッと百合がグラスをテーブルに叩きつけたとき、

「割るなよ？」

という声と共に、手にマルゲリータの大皿を持った水嶋が現れ、僕らの前にその皿を置いた。

「旨《うま》そう……」

百合は笑いながらそう言ったが、ピザを手に取ることなくそのまままたテーブルに突っ伏してしまった。

「おい、せっかく焼いたんだ。寝るな」

水嶋が彼の頭を叩いたが、百合が顔を上げることはなかった。

「あの、僕、いただきます」

せっかく作ってくれたものを、と慌てて僕は手を伸ばし、ピザの一片を摑んだ。

「あち」

「慌てなくていいよ」

火傷《やけど》しそう、と手を離した僕に、水嶋は苦笑してみせたあと、視線を百合に移し、やれやれ、というように溜め息をついた。

「百合は気にしすぎなんだ。自分が吉永を苦しめているんじゃないかってな」

「……え？」

意味がわからず問い返すと、水嶋は近くの椅子に腰を下ろし、ぼそり、ぼそりと言葉を繋いでいった。

「百合の怪我を吉永は、自分の判断が甘かったせいだと酷く後悔していた。自分が片目を失ったことより、百合を死なせかけたことのほうが彼にとっては重大事で、よくこの店でも泣いてたよ。姫宮や星野が必死で慰めていたが泣き止《や》まなかった」

「………………」

そうだったんだ、と頷いた僕に水嶋は頷き返すと、再び口を開いた。

「吉永が警察を辞めたのもそのためだった。それが百合にはわかってるんだろう。だからこそ彼は必要以上に吉永を庇う。こいつもまた吉永に罪悪感を持ってるんだろう」

「………罪悪感……警察を辞めさせることになった……？」

問い返した僕に、水嶋はゆっくりと首を横に振ってみせた。

「人生を棒に振ったことに対する罪悪感だ」

「……それは……」

百合が抱くべきものなのか、と問おうとしたときにはもう、水嶋は立ち上がっていた。

「冷めると不味《まず》くなるぞ」

ニッと笑ってそう言い、目でマルゲリータを示す。

「あ、はい」

せっかく作ってくれたものなのに、と僕は慌ててピザを手に取った。さっき熱さのあまり離したその一切れはすでにちょうどいい温度になっていた。

「いただきます」

厨房へと引っ込んでいく水嶋の後ろ姿に声をかけ、ピザにぱくつく。薄い生地も、チーズも、今まで食べたことがないくらい美味《おい》しかったというのに、なぜか僕の口の中には苦いとしかいいようのない感覚が残っていた。

「あの、ご馳走様でした」

ピザを食べ終えても百合は起きる気配がなかった上に、店内に客が溢れ始めたので、僕は百合を連れて店を出ることにした。

「大丈夫か?」

ゆっくりしていけばいい、と水嶋は勧めてくれたが、彼に迷惑をかけるのは本意ではないと、会計を済ませてもらい百合を担ぐようにして外に出た。

百合の自宅の場所は知っている。大通りでタクシーを捕まえ、百合を先に乗せて僕も後部シートに乗り込んだ。

飯田橋《いいだばし》、と行き先を告げ、シートに身体を預けて眠りこける百合の顔を見やる。

『雪也は俺のバディだ』

酔っぱらいながらも力強く主張していた彼の声が僕の耳に蘇る。

「……バディ、か……」

ぼそり、と僕の口から、我知らず言葉が零れ落ちていた。

バディ——恥ずかしながら藤堂チームに配属されるまで、まるで知らない単語だった。二人一組で仕事に当たる、相棒を意味するものだと教えられたあとに、僕のバディは百合だと紹介された。

最初百合は僕をむかつかせることしか言ってこなくて、何が相棒だ、と思ったはずなのに、なぜか、百合のかつてのバディだったという吉永のことが気になって仕方がない自分がいる。

『今日から俺たちはバディだ。バディになるにはまず互いの気持ちが通じ合うことが大切だ。気持ちってのはやっかいなことに、言葉にしないと伝わらないからな』

優しく微笑みながらそう告げてくれた百合の言葉が、頭の中で巡っていた。

百合にとって吉永は、誰より気持ちの通じ合った相手だったのだろう。だからこそ百合には吉永の苦悩がわかる。

「………」

なんだか嫌だな、という思いがふと、僕の胸に立ち上った。何が嫌なのか、なぜ嫌なのか、そのあたりのことは一切わからない。が、やるせない気持ちは留《とど》まることなく僕の胸に溢れていき、僕をなんともいえない思いへと追いやっていった。

渋滞もそうしなかったので、百合のマンションには十分ほどで到着した。自分で車から降りてもらおうとし、何度も身体を揺すったが百合が目覚める気配はなく、仕方なくまたも僕は彼に肩を貸し、部屋を目指すこととなった。

エレベーターがあって助かった、と思いながら最上階の五階のボタンを押す。がたん、と箱が小さく揺れたあと、ゆっくりと上昇していく。表示灯を見上げる僕の横では、百合が「うーん」と唸っていた。

五階に到着し、百合の部屋を目指す。体格が違いすぎるために難儀したが、なんとか部屋まで到着した。

「百合さん、着きましたよ！」

声をかけたが、百合が目覚める気配はなかった。仕方がない、と僕は彼のポケットを探《さぐ》り、キーホルダーを探し当てると、いくつか下がっていた鍵の中からこれ、と思しきものを鍵穴に挿してみた。

無事に鍵を開けることができ、百合を引きずり中へと入る。勝手知ったる――って、一回しか来たことはないものの、寝室まで彼を引きずっていき、ベッドの上によいしょと降ろした。

「うわ」

勢い余って僕までベッドに倒れ込んでしまい、慌てて起き上がろうとしたそのとき、背後から伸びてきた百合の手が僕の動きを制した。

「ゆ、百合さん？」

何が起こっているのか、まるでわかっていなかった。が、気づいたときには僕は百合にベッドに引きずり戻され、上から伸《の》しかかってきた彼に唇を塞《ふさ》がれていた。

「……っ」

キス――？　今、僕はキスをされているのか、と思った途端、頭の中が真っ白になった。

僕ももう、二十歳《はたち》を超してしばらく経つ。キスくらいの経験は勿論あったが、百合とキスしているのかと思うと、わけがわからなくなってしまった。

唖然としたせいで開いていた唇の間から差し入れられた百合の舌が僕の舌に絡み、強く吸い上げてくる。途端にびくく、と身体が震えてしまったことに動揺しているうちに、百合の手が僕のシャツのボタンを外し始めた。

「……や……っ」

やめてくれ、と言おうとしたが、キスで唇を塞がれてしまって声が出なかった。泥酔しているはずなのに百合は手早く僕のシャツのボタンをすべて外し終えると、今度はベルトを外し、スラックスをトランクスごと一気に引き下ろしてきた。

「な……っ」

あっという間に全裸に剝《む》かれることになり、呆然としていた僕は、抵抗することを忘れていた。それを思い起こさせたのは、百合が掌で僕の胸の突起を撫《な》で上げてきたときだった。

「や……っ」

ぞわ、という感覚が背筋を走り、身体が捩《よじ》れる。塞がれた唇の間から漏れた声が酷く切羽詰っていることが僕を慌てさせた。

なんでそんな声を漏らしているんだ、と、動揺しながらも、百合の身体の下から逃れようとしたとき、百合の指が僕の乳首をきゅっと抓《つね》り上げた。

「……っ」

じん、という痺《しび》れと共に、背筋をまたもぞわ、という感覚が走る。一体どうしたことか、と戸惑いを覚えているうちに下半身に熱が集まり、次第に雄が勃起してきてしまった。

「やっ……あっ……」

きゅ、きゅ、と百合が断続的に僕の乳首を抓り上げながら、きつく舌を絡めてくる。そのたびに、びく、びく、と僕の身体は震え、ドクドクと脈打つ雄が勃《た》ち上がっていく。

「あっ」

と、百合が不意に僕の唇を解放したかと思うと、裸の胸に顔を伏せ、それまでさんざん弄《いじ》ってきた乳首を今度は口に含んだ。その直後、痛いほどに嚙まれたと同時にもう片方の乳首をやはり痛いほどにきゅうっと摘《つま》まれる。

「やぁ……っ」

自分でも信じられないことに、その瞬間、僕の口からは高い声が漏れ、勃起しかけていた雄がびくん、と大きく脈打った。その反応に気をよくしたのか百合が尚も僕の胸を口で、指で攻め続ける。

「や……っ……あ……っ……はぁ……っ」

何がなんだかわからない――が、身体は着実に反応していた。今までセックスしたことがないわけじゃないが、相手は当然ながら女性であり、なおかつそう積極的なタイプではなかったため、僕は今の今まで自分の胸に性感帯があるなんてことを、まったく知らなかったのだった。

また、僕は、自分が擽ったがりやということは知っていたが、酷く感じやすい体質であるということは知らなかった。百合の指が、舌が、歯が僕の乳首に触れるたびに、面白いくらいに僕の身体は反応し、雄はますます勃ち上がっていった。

「やっ」

その雄を百合の手に握り込まれたとき、それまでも皆無に等しかった思考力がゼロとなった。頭の中が真っ白になり、何一つ考えられない。

胸を舐《ねぶ》り、そして弄りながら彼の左手が僕の雄を握り、先端のくびれた部分を親指と人差し指の腹で丹念に擦《こす》り上げてくる。もっとも感じる部分を弄られるのと同時に、両胸にこれでもかというほどの刺激を与えられ、僕は今にも達してしまいそうになっていた。

「……え……？」

と、そのとき雄を弄っていた手がすっと外されたかと思うと、いつの間にか開いてしまった両脚の間からその手が後ろへと滑り、指先がつぷ、と後ろに挿入された。今まで得たことのない感触に、身体が一気に強張《こわば》っていくのがわかる。同時に飛んでいた思考力も戻ってきて、僕は一体何をしてるんだ、と身体を起こしかけたのだが、百合の反応は素早かった。

「ええ……っ？」

そこから指を抜き、いきなり身体を起こしたかと思うと次の瞬間には僕の下肢に顔を埋《うず》め、勃ちかけていた雄を咥《くわ》えてきたのだ。

戸惑いの声を上げたと同時に、ざらりとした舌が絡まってきたのに、戻りかけていた僕の思考力はまたも彼方へと飛んでいってしまった。

ただただ身体が熱い。頭の中も、吐く息も、手も足も、何もかもが熱かった。時折すっと冷たさが過ぎるのは先ほどまで舐られていた乳首が身体を捩るたびに外気を感じるときのみで、その冷たさがまた僕の欲情を煽《あお》り立てていく。

そう、今、僕はしっかり欲情してしまっていた。彼女と別れて早二年、もともと性欲はそう旺盛《おうせい》なほうではないので、この二年はセックスをすることも、セックスどころか自慰すら滅多にすることがなかった。

その僕が百合に触れられ、咥えられて、今にも達してしまいそうなほど昂《たかま》っている。あまりにも信じられない状況に今、僕の頭の中は真っ白を通り越し、あらゆる思考が働かない、そんな状態に陥ってしまっていた。

「やっ……あっ……あぁっ……」

百合が僕の雄を音を立てて舐る、そのたびに甘ったるい声が耳に響いてくる。まさかその声が自分の発しているものとは知らないでいた僕の、真っ白になった頭の中で、極彩色の花火が上がっていた。

今まで付き合ってきたのはオクテの女の子ばっかりだったので、正直僕にはフェラチオの経験がなかった。それゆえ、上手い、下手はよくわからなかったが、百合の舌が蠢《うごめ》くたびに腰が捩れるほどの快感を得ていることを思うと、きっと彼は相当上手いんだろうな、と思わずにはいられなかった。

「あぁ……っ……もうっ……あーっ」

次第に我慢ができなくなってきて、僕はいやいやをするように激しく首を横に振ると、百合の口から雄を取り出そうと手を伸ばした。ほとんど、いや、まったく思考力は働いていなかったものの、さすがに口の中に出すのは申し訳ないと思ったためだ。

が、百合は僕の雄を離してはくれなかった。それどころか両手で僕の腿《もも》をしっかりと抱えると、右手を後ろへと滑らせ、再びそこへと——後孔へと指が挿入されたのに、僕の身体は一気に強張り、飛びかけていた意識も戻りかけた。

「……え……?」

ずぶ、と百合の指が入ってくる。当たり前の話だが、それまで何ものをも侵入を許していなかったそこは、あまりの違和感にきゅっと締まり、百合の指を締め上げた。

「……う……っ」

気持ちが悪いとしか言いようのない違和感に、堪らず呻《うめ》いてしまったが、百合の指が入口近いコリッとした部位に触れた瞬間、違和感は綺麗に霧散していった。

「え……っ……あ……っ……？」

ぐいぐいとそこを指で押されながら、雄を舐られるその感触に、結びかけていた僕の思考はまたも解《ほど》け、何も考えられなくなった。

今まで得たことのない、不思議な感触だった。百合の指がそこを圧するたびに、面白いように僕の身体は反応し、だんだんと我慢ができなくなってきた。

「やぁ……っ……もうっ……あっ……あっ……あぁ……っ」

巧みすぎる口淫《こういん》と、後ろへのわけのわからない刺激に、僕はもう限界を迎えつつあった。激しく首を横に振り身悶《みもだ》える僕の下肢から、くす、と笑う百合の声が響いてきたと同時に彼の手が僕の雄を勢いよく扱《しご》き上げる。

「あぁっ」

直接的な刺激に耐えられず、ついに僕は達してしまった。解放感を得ると共に、下肢から聞こえてきたごくり、という淫靡《いんび》な音にはっとし、いつしか閉じていた目を薄く開いて自身の下半身を見下ろす。

「……あ……」

僕の目に飛び込んできたのは、達したばかりで萎《な》えた雄を舐めている百合の顔だった。清めようとしているかのようにぺろぺろと舐《な》めてくる、その感触にまた僕の雄には熱が宿り、しっかりと形を成してくる。

「あぁっ……」

と、未だに後ろに挿入されていた指がまた、入口近いところにあるコリっとした何かを強く圧した。途端に百合の口の中で僕の雄が、どくん、と大きく脈打つ。

「や……っ……あっ……あぁ……っ」

そのまままた始まった口淫に、後ろへの刺激に、結びかけていた意識の糸が再び解け、何も考えられなくなっていく。

滾《たぎ》る欲情に翻弄《ほんろう》されるまま、僕は百合の手で、口で与えられる刺激に喘《あえ》ぎまくり、何度も達した挙げ句に最後にはとうとう意識を失い、彼の腕の中に倒れ込んでしまったようだった。

7

「ん……」

ものすごい淫猥《いんわい》な夢から目を醒ました。起き上がった途端、昨夜の記憶が怒濤のごとく蘇ってくる。

「……あ……」

僕の雄を咥えていた百合の顔が蘇ると同時に、彼のしてくれたフェラチオによる快感までもが身体に蘇ってきてしまい、いたたまれなさから僕は首を激しく横に振り、頭に、身体に蘇るそれらの記憶を振り落とそうとした。

なんであんなことになってしまったのか——振り落としきれない記憶の名残《なごり》がどうしても浮かんできてしまうのを気力で振り払いながらも僕は、自分の身に起こった出来事がいかなる動機によるものなのかを考えずにはいられないでいた。

周囲を見渡すと寝室内に百合の姿はなかった。この間は同じベッドに寝ていたというのに今、百合はどこにいるのだろう。同じベッドに寝ていないのは、昨夜の出来事のせいか。それとも――。

他の理由なんて思いつかない、と僕は溜め息をつくと、ベッドから降り、傍に置かれた椅子の上にあった着替えに気づいてまた溜め息をついてしまった。

僕には脱いだ服をたたんで置いた記憶はない。ということはこれは百合がしてくれたことなんだろう。無意識のうちにこれらのことをする人間がゼロとはいわないが、おそらくははっきりした意識がある状態で百合は僕の服をたたんでくれたものと思われた。

しかしそれはどういう『意識』なのか――百合は何を思って、僕にあんなことをしたんだろう。

考えたってわかるものではない。直接本人に聞かない限りは答えなど出るはずはないのだ。だが僕にはそれを確かめる勇気はなかった。

服を身につけ、足音を忍ばせて部屋の外に出る。百合の姿を捜すこともせず僕は、そのまま廊下を進み、彼のマンションをあとにした。

酷く混乱してしまって、一刻も早くこの場を立ち去りたかった。わけがわからなすぎて、何も考えられない。ただ一つわかっているのは、昨夜の出来事が夢でもなんでもなく、現実の出来事であるということだった。

しかしその理由がわからない。彼はなぜ、あのような行為に至ったのか。

「…………」

酔っぱらっていたから――それ以外に理由は思いつかなかった。おそらく百合は酔って僕を誰かを間違えたのだ。

誰と間違えたのか。もしかしたら彼のバディだった吉永なのではないか、と思ったとき、僕の胸は自分でも驚くほどに、ずきりと痛んだ。どうしたことか、とシャツの胸のあたりを摑んでいた僕の目に、涙が滲んでくる。

泣くことなんかない。僕だって酔っぱらって失敗したことくらい何度かある。百合もきっと『失敗』したのだ。そんなことに目くじらを立てるべきじゃない。酔った上での過ちなのだから、と自分に言い聞かせる声が空《むな》しく心の中で響く。

今までにない体験に動揺しているのだろうと自分を納得させようとしたが、上手くいかなかった。明らかに僕はショックを受けている。その理由が自分でも納得できないものだということが、僕を狼狽《ろうばい》させていた。

酔った上での過ちであるのならよかった。ただ、吉永の代わりであるということに、酷く傷ついている自分がいた。

その理由も自分ではよくわからなかった。ただ、吉永の儚げな美貌を思い起こすたびに僕の胸はきりきりと痛みを訴え、自分がこだわっていることを思い知らされた。

帰宅した時間は、あと三十分ほどで家を出なければならない時刻だった。急いでシャワーを浴び、着替えを済ませると僕は、昨日の出来事はなかったことにしよう、と自身に言い聞かせ、寮をあとにしたのだった。

定時の三十分前に到着したが、今朝は藤堂以下、皆が警護に詰めているために室内は無人だった。

百合がまだ来ていないことに安堵しつつ、メールをチェックする。と、そこに藤堂からのメールを見出し、何事か、と僕は慌ててそのメールを開いた。

『吉永の自宅住所は下記。勤務先等はすべて不明。現在テロリストとの接触を確認中。彼からコンタクトがあった場合、内容がいかなるものであっても要報告とする。以上』

簡潔すぎるほどに簡潔な文面だったので、理解するまでに逆に時間がかかってしまった。

藤堂の吉永への見解は、必要以上に厳しいものなのか、はたまた妥当なものであるかはわからない。ただ一つわかるのは、このメールを見て百合がまた酷く不機嫌になるだろうな、ということだった。

「おはよう」

と、そのとき、不意にドアが開いたかと思うと、明るい声を上げながら百合が室内へと入ってきた。

「お、おはようございます」

自然な対応を心がけたつもりが、声がひっくり返ってしまった。いけない、と咳払いし、僕はもう一度、

「おはようございます」

と挨拶し頭を下げた。

「おう」

百合が僕へと笑顔を向けたあと、少し困った表情になる。

「悠真、あのな……」

「あ、あのっ」

きっと昨夜の出来事に関する何かを言うのだろう、と察した僕は、慌てて話題を逸らそうと、先に口を開いた。

「他の皆は外務大臣の警護のため成田空港に詰めています。僕たちはここで待機とのことです」

「……そうか。ありがとう」

百合は一瞬何かを言いかけたが、すぐにまた笑顔になると頷き、自席へとついてパソコンを取り出した。それを横目に見ながら僕は、心の中で密かに溜め息をついていた。

　僕が百合の言葉を遮ったのは、彼の口から昨夜の言い訳を聞きたくなかったからだった。

『昨夜は申し訳なかった』

『酔って間違えたんだ』

『お前とベッドインするつもりなんてなかった』

　言われる台詞はそんなところだろう。それらすべての言葉を聞きたくなかったし、できることなら昨日の出来事はすべて『なかったこと』にしてしまいたかった。

　謝罪などされたら『なかったこと』にはならない。お互い酔っていて、何があったか覚えていない。それが一番好ましいと僕はそう思っていた。

　これから百合とは『バディ』を組んでいくのだ。昨夜の行為は今後の仕事の邪魔にしかならない。だからなかったことにするべきなのだ——自分にそう言い聞かせながら僕は、違うな、と心の中でまた密かに溜め息をついた。

　なかったことにしたいのは、百合が僕を僕と認識しない上での行為だったからだ。誰かと間違われたのではなく、僕だとわかってのことだったら、受け止め方は違っていた。

　どう違っていたかはわからないけれど——少しも頭に入ってこないパソコンの画面を前に、僕がまた密かに溜め息をついたそのとき、前から百合の、

「なんだと？」

　という憤った声が響き、僕を我に返らせた。

「……あ……」

見やった百合の顔は怒りを露《あら》わにしていた。彼の目がパソコンの画面に釘《くぎ》づけになっている。きっと藤堂からのメールを見たのだ、と察した次の瞬間、百合が立ち上がった。

「悪い、ちょっと出てくる」

手早くパソコンを机の中に仕舞うと百合は、そのまま部屋を出ていってしまった。

「あ、あの……っ」

彼のあとを追うべきか、それとも部屋に残るべきかと逡巡《しゅんじゅん》し、やはり行くべきだ、と僕も慌ててパソコンを仕舞い、彼のあとを追ったが、時すでに遅し、百合の姿を見失っていた。

仕方なく部屋に戻り、再びパソコンを取り出してラインに繋ぐ。

百合の行き先は予想がついた。おそらく、藤堂からのメールにあった吉永の自宅へと向かったのではないかと思われる。

接触は禁止となっていたが、彼はそれを破る気なのだろうか。もしそうならなんらかの処分を受けることになるだろう。僕は彼を止めるべきじゃないのか。再び開いた藤堂のメールを見ながら僕はしばらくの間、そこに書かれた住所に行くか、それともここで百合の帰りを待つか、と悩んでいた。

百合は吉永を信じている。彼のことを一番理解しているのは自分だとも言っていた。

『雪也は俺のバディだ』

きっぱりと言い切ったその言葉から、百合にとっての吉永がどれほど大切な存在だったかわかる。

もしかしたら身体の関係もあったかもしれないほどに——僕の身体に一瞬、百合の手の感触が蘇り、ぞわ、とした何かが背筋を走った。

「……いけない……」

昼間から何を考えているんだ、と慌てて首を横に振りそれらの感覚を捨て去ろうとした僕の耳に、再び百合の声が蘇る。

『雪也は俺のバディだ』

それなら僕は——？　僕は彼にとってのなんなのだろう。

「……馬鹿か……」

百合にとって僕は、ただの新人——新しいバディに割り振られたというだけに過ぎない存在であることは、考えなくてもわかった。もしも彼が僕を『バディ』として認めてくれているのなら、今だって一人で行き先も告げずに出ていくことなどしないだろう。

早く一人前になりたい。

その思いは勿論、日々抱いているものではあったが、今ほど切実にそう願ったことはなかった。願っているだけでは駄目だ。努力あるのみ、と僕は自身に言い聞かせると、一人前のSPに近づくべく訓練中に配布された警護の基本を改めて頭に叩き込もうと真剣に読み始めた。

藤堂らが部屋に戻ってきたのは、その日の夕方五時頃だった。

「おかえりなさい」

「百合は？」

声をかけた僕をちらと一瞥し、藤堂が問いかけてくる。

「あ、あの……」

どう答えるか、迷ったために答えが遅れた。そんな僕を、姫宮や星野は心配そうに眺めていた。

「来ていないのか」

「いえ、あの、来てます」

「出かけているのか。どこへ？　なんの指示も出していないが」

言いよどむ僕を追い詰めるように、藤堂が次々と問いを発してくる。

「あ、あの……」

正直に答えるべきだろう。朝彼は出勤したが、すぐに出かけた。行き先はわからない——

それだけ言えばいいのに、なぜかそうすることが躊躇われ、またも僕が口籠ったそのとき、

「ただいまあ」

バタンとドアが開いたかと思うと、呑気《のんき》な声を上げながら百合が部屋に入ってきたものだから、僕の、そして藤堂や姫宮たちの注目は一斉に彼へと集まることとなった。

「どこへ行っていた？」

藤堂が厳しい顔で問いかける。

「散歩だ」

百合は即答したが、その答えは誰が聞いても嘘、もしくは誤魔化《ごまか》しとしかとれないものだった。

「どこを散歩した？」

「都内だ」

「目的は？」

「散歩に目的はない。強いて言えば健康のため？」

藤堂の問いはどこまでもクールで、百合の答えはどこまでもふざけていた。僕は藤堂が『ふざけるな』と怒りを爆発させるのではないかと、はらはらしながら二人のやりとりを見守っていたのだが、予想に反し、藤堂が切れることはなかった。

「健康への配慮はいいことだ。明日の我々の業務を発表する。皆、集まってくれ」

淡々とそう言ったかと思うと、二人のやりとりを遠巻きに見つめていた僕らをぐるりと見渡し集合をかけた。

「はい」

「なんでしょう」

姫宮と星野が慌てた様子で藤堂の前へと進む。僕も急いで彼らの横に立ったが、百合は一人悠々とした足取りで近づいてきて、僕をまたもドキドキさせた。

「明日、我々に与えられた任務は、昨日の歌舞伎座へのテロ未遂の捜査だ。情報の漏洩ルートが特定されたため、同じルートを使い偽情報を流す」

「罠《わな》を仕掛けるということですか？」

姫宮が緊張した面持ちで問い返すのに、藤堂は「そうだ」と頷くと、我々をパソコンの前へと導いた。因《ちな》みにそのパソコンは藤堂と百合の会話中、篠がセッティングしていたものである。

「歌舞伎座で大使向けの公演が明後日に決定したという内容だ。今回、爆発物チェックのためには特殊テープを用いず特殊インクを使用すると記載した。彼らがまた仕掛けてくるとなると明日の夜しかない。そこで一網打尽にする。計画のあらましは以上だ」

「一度失敗した件です。再び仕掛けてきますかね？」

星野の問いに藤堂が「おそらく」と頷く。

「今まで彼らはことごとくテロ行為を成功させてきているからな。チャンスがあれば再びトライしてくる可能性は高い」

藤堂はそう告げたあと、再び僕たちを見渡すと、相変わらず淡々とした口調で指示を出した。

「ただ、また爆弾テロをやるとは限らない。明日の夜から翌日にかけて、徹夜の任務になることを鑑み今夜は身体を休めるように」

「わかりました」

「ラジャ」

皆が口々に返事をする。僕もまた「はい」と頷いた。藤堂は再度ぐるりと僕らを見渡したあと、一言、

「それでは解散」

と告げ、その声を合図に僕らは席に戻った。

定時になり、まず百合が「お先に」と声をかけ、ふらりと部屋を出ていった。それを待っていたかのように姫宮が僕に「ねえねえ」と声をかけてきた。

「昨夜かおるちゃん、水嶋さんの店にいた？」

「はい、いました」

「荒れてた？」

「……はい」

「やっぱり……」

姫宮は痛ましげな顔で溜め息をついたあと、声を潜め僕に囁いてきた。

「今日はちゃんと、朝、来たの？」

「来たんですが、そのあと出かけて……」

「……そう……」

姫宮は僕の答えを聞き、眉を顰め、更に低い声で囁いた。

「雪也に会いに行ったのかしらね……」

僕も思ったことを姫宮も思ったようだ。やりきれぬように眉を顰める彼に僕は、

「……わかりません……」

と首を横に振った。

「でもまあ、見た感じ、元気そうだからよかったわよね」

姫宮が自分に言い聞かせるようにしてそう言い、僕を見る。

「……そうですね」

確かに百合の藤堂への態度は褒められたものではなかったが、彼の表情からは落ち込みなどのマイナス感情は窺えなかった。

元気になったということなんだろうか、と思う僕の口から、我知らず溜め息が漏れる。

「どうしたの？」

姫宮に問われ、初めて自分が溜め息を漏らしたことに気づいた僕は、慌てて「なんでもないです」と首を横に振った。姫宮はそんな僕の肩をぽんと叩くと、

「まあ、見守ってあげましょう。バディなんだし」

と笑い、身体を離した。

「バディ……」

またも僕の口から、我知らぬうちに言葉が漏れる。

「そう、バディでしょ」

姫宮が笑ってまた僕の肩を叩いたが、はい、と頷くことはできなかった。

百合は僕をバディとして認めてくれているのだろうか。彼にとっての『バディ』はまだ、吉永なんじゃないか――？

吉永が疑われ、百合はああも荒れた。でももし僕が疑われたとしても、彼は平静さを保っているんじゃないだろうか。

「…………」

またも溜め息をつきそうになったが、姫宮の視線が注がれているのがわかったためにぐっと堪えた。

明日の夜から明後日にかけて、体力も気力も温存しなければならない。他に意識をとられ

ている暇はないはずだ。しっかりしなければ、と自分を鼓舞する僕の脳裏にはそのとき、ふらりと部屋を出ていった百合の広い背中の残像が浮かんでいた。

翌日の夜、歌舞伎座は通常公演が行われていた。ゴミの回収は公演終了後、午後十時に行われ、その後、警察が全館を点検する。テロリストたちが爆発物の類を仕掛けるのはそのあと、深夜となると予想されていたが、僕らは午後九時には歌舞伎座近辺で待機していた。百合の様子に変わったところは見られなかったが、彼は前夜も深酒をしていたのではないかと思う。充血した目がそれを物語っていた。

皆も気づいていたようだが、あえて指摘をする人間はいなかった。藤堂が何か言うかな、とドキドキしたのだが、ちらと顔を見やっただけで、持ち場に関する指示を与えていた。

罠を仕掛けるとはいえ、テロリストたちが前回と同じ方法をとるかどうかはフィフティフィフティだと言われていた。前回が開演前に爆発物を仕掛けるという手を使ったので、今回は開演中に劇場に乗り込むのではないかと——つまりは罠を張っても無駄なのではないかという意見も出たそうだが、藤堂が作戦続行を主張、それで百五十名もの警察官が駆り出されることになったという話だった。

藤堂もまた、今日は歌舞伎座近くに控えていた。歌舞伎座への侵入を考えると、テロリストの人数は多くて四、五名と思われる。

出入口は警察官に固められているので、彼らは公演中に客として中に入り、内部に身を潜めている可能性が高い、というのが藤堂の見解だった。

それゆえ僕らは、総点検が終わったあと、深夜一時過ぎに歌舞伎座内部へと侵入することになっていた。テロリストたちが爆弾を仕掛けているその現場を押さえようとしているのである。密かに侵入するのは彼らの自爆を防ぐためだった。

時計の針はあと十分で一時を迎えようとしていた。僕ら藤堂チームは最初に突入の予定だった。銃は携帯していたし、防弾チョッキも着用している。この重装備は藤堂の指示によるものである。

本来警護課は要人を警護するのが主務であり、テロリストの逮捕は管轄外である。だが今回藤堂は上層部にかけ合い、ほぼ強引に主導権を握ったとのことだった。

その理由は本人の口から明かされていないのでわからない。姫宮や星野も不思議がっていたが、藤堂に確かめはしなかった。できなかった、というのが正しいが。

「行くぞ」

そんなことを考えているうちに、時計の針は進み、あと三分で一時となった。百合に声をかけられ僕は「はい」と小さく答えると彼のあとに続き楽屋口から歌舞伎座内へとこっそり侵入したのだった。

僕らのあとに、姫宮と星野、そのあとを藤堂と篠が続いた。僕らの担当は前回同様三階だった。内部に人の気配は感じられない。果たしてテロリストはいるのか。いた場合無事に確保できるのか。緊張感が極限まで高まっていく。

「……ぁ……」

と、そのとき僕の頭の中を、一つの映像が掠《かす》めていった。歌舞伎座の三階のゴミ箱の前に佇んでいた一人の長身の男が、はっとして振り返ろうとしている、という画像だった。

「どうした？」

微かに声を漏らした僕を百合が振り返る。

「……います」

「え？」

百合には僕の言葉の意味がよくわからなかったようだ。当然だ、と思ったが、それを説明している時間はなかった。

「三階のゴミ箱前に一人、男がいます」

「…………」

百合は一瞬眉を顰めたが、すぐに「わかった」と頷くと、早足で階段を上り始めた。僕も彼のあとを必死で追う。

振り返りかけた男の顔に見覚えがある気がしたのだが、それを百合に伝えることはできなかった。三階へと到着した百合の足が止まる。彼の身体越しに僕は、今、頭の中に浮かんだ映像どおり、ゴミ箱の前に佇む男の姿をしっかりとこの目で見た。

男はゴミ箱の蓋を閉めようとしているところだった。彼の手に棒状のものが握られているのがわかる。と、そのとき百合が動いた。立ち上がり、男に向かい声をかけたのである。

「雪也」

「……っ」

それを聞き、僕は、あ、と声を上げそうになった。男がはっとした顔で振り返る。その顔は以前歌舞伎座前で見た、百合のかつてのバディ、吉永のものだった。

百合が大股《おおまた》で吉永へと近づいていく。吉永はそんな百合をしばらく見つめていたが、やがて目線を落とし、大きく溜め息をついた。百合はあっという間に吉永の前まで到達すると、だらりと下がっていた彼の手から棒状のものを取り上げ、やりきれない表情を浮かべた。

「……お前が、警察の情報を傍受したのか」

百合が手にしていたのは、今回爆発物の安全チェックに使われる予定だった特殊インキの塗装に使われる装置だった。吉永は俯いたまま答えない。百合は少しの間——ほんの数秒、彼を見つめていたが、すぐにインカムに向かい低く声を発した。

「三階、テロリスト一名確保」

「………」

その声に吉永が顔を上げ、百合を見る。薄闇《うすやみ》の中、彼の瞳がやけに煌めいて見えていた。瞳に涙が溜まっているからだろうと気づいたとき、その煌めきがふっと消える。それは彼が目を伏せたからで、肩を震わせ始めた吉永の口から嗚咽《おえつ》の声が漏れていった。

「………雪也……」

百合が彼の名を呼び、一歩近づく。そのとき僕の脳裏に一瞬、吉永が銃を発砲する映像が浮かんだ。

「危ない！」

幻の画像の中、銃口が百合の頭部に向いているのがわかった瞬間、僕の足が動いていた。

「なに？」

百合がはっとし、僕を振り返る。と同時に吉永が、僕が頭の中で見たとおりに懐から銃を取り出し構えた。それより前に僕は百合に飛びつき、彼の身体を床へと押し倒した。

ダーン……ッ
銃声が周囲に響く。そのときには僕を押しのけるようにして起き上がった百合が、吉永に飛びかかっていた。

吉永の腕から百合が銃を取り上げる。吉永はもう、抵抗する素振りを見せなかった。へなへなとその場に腰を下ろすと、蹲り、肩を震わせ泣き始めた。

「かおるちゃん！　大丈夫？」

「百合さんっ！」

二階から駆けつけてきた姫宮と星野が、蹲る吉永の姿を前に絶句する。と、そのとき僕のインカムに藤堂の凛とした声が響いた。

『一階、二階共にテロリストの姿はなし。これから三階に向かう』

「…………」

ということは、罠にかかったテロリストは吉永一人だったということか、と僕は声を殺し泣き続ける吉永を呆然と見つめていた。

と、百合が僕に向かい、吉永から取り上げた銃を持っていた手をすっと伸ばしてきた。受け取れ、ということだろうと気づき、彼に駆け寄る。

百合は僕に銃を手渡したあと、手錠を取り出し、もう片方の手で吉永の腕を摑んだ。

「…………」

吉永が顔を上げ、百合を見る。彼の頰が涙に濡れているのを見て、百合は一瞬何かを言いかけたが、きゅっと唇を引き結ぶと腕を引いて彼を立ち上がらせ、手首に手錠をかけた。

かちゃ、と手錠がはまる音があたりに響く。両手にはまる手錠を吉永はしばらくじっと見つめていたが、やがて顔を上げ、百合に小さく呟いた。

「……ごめん……」

「…………」

百合はまた、何かを言いかけたが、今度も何も言わずに吉永の背を促し歩き始めた。前にいた姫宮と星野が、はっとしたように二人に道を空ける。

百合と吉永は肩を並べるようにして、階段を下りていった。その後ろ姿を見送りながら僕は、百合は吉永に何を言おうとしたのだろう、とそのことだけを考えていた。

8

「乾杯しましょ、乾杯」

水嶋の店で姫宮が一人陽気に声を張り上げている。

「おう、そうだな。グラス、グラス」

横では星野が彼のバディらしく、場の盛り立てに一役買おうと、あえて明るく振る舞っていた。

店内にいるのはその二人だけではなかった。藤堂と篠も同席しているし、それに百合の姿もあった。

店は貸し切りにしてもらい、僕を交えた六人で仕事の打ち上げをすることになっていた。発案者はなんと藤堂で、終業後、ほぼ強制的に皆を店に連れてきたのだった。

昨夜、吉永を逮捕したあと、彼の身柄は公安部に引き渡されたが、それより前に特別に許可を得て、藤堂は吉永との対話を持ったとのことだった。

吉永が藤堂に何を喋ったのか、昼間彼は一言も口にしなかったが、夜になり、急に皆を集めてこれから打ち上げに行くと言い出したのだった。

「それでは、乾杯の前にボスから一言！」

盛り上げ係の姫宮が、藤堂に乾杯の音頭を振る。藤堂はグラスを手に取ると、ぐるりと周囲を見渡した。

皆、グラスを手にしている中、百合だけがぶすっとしたまま俯いている。藤堂も当然気づいただろうに、特に言葉をかけることなく、

「皆、ご苦労だった。今夜は飲んでくれ」

それだけ言い「乾杯」とグラスを掲げた。

「か、乾杯」

「かんぱーい！」

皆が唱和し、一気にグラスを呷る。僕もワインを飲みながら、百合はどうしただろうと思いちらと彼を見やった。

百合は唱和はしなかったが、ごくごくと注がれたワインを飲み干していた。彼がグラスをテーブルに下ろすと、新たなワインが注がれる。それを注いでいたのはなんと——藤堂だった。

「……なんて言ってた？」

百合が藤堂に問いかける。皆、口を閉ざし藤堂を見やった。藤堂は百合のグラスにワインを注いだあと、自分のグラスにも注ぎ、それを口元へと持っていきながらおもむろに話を始めた。

「警察を辞めた直後、テロリストから接触があったと言っていた。爆発物の知識と警護課内の情報に通じているところを買われたのだそうだ。組織に関する情報はほとんど持っていないようだった。ごく一部の人間としかやりとりはなかったそうだから」

「……………なぜだ？」

淡々と答え、グラスのワインを口に含んだ藤堂に、百合が抑えた声で問いかける。

「『なぜ』……テロリストの仲間になった理由か？」

藤堂が百合に確認を取り、百合が「そうだ」と頷く。

「…………」

藤堂は答える前にまたワインを一口飲んだ。何かを迷っているのか、それとも考えているのか、しばしの沈黙が流れる。

「魔が差したんじゃないの？　随分落ち込んでたから……ねえ？」

姫宮が場を持たせようと気を遣い、百合に話しかける。

「魔、か……」

百合がぼそりと呟き、グラスのワインを呷ったそのとき、藤堂が口を開いた。

「そう答えるつもりだと言っていた」

「え？」

「それって……？」

僕が、そして姫宮が、今の藤堂の発言を聞き捨てならないと問い返す。

「どういう意味だ？」

百合もまた同じことを感じたようで気色ばんだ顔になり、身を乗り出すと藤堂にそう問いかけた。

藤堂がまたグラスから一口ワインを飲み、テーブルに置く。そのグラスに篠がそっとワインを注ぐのを、本当に彼は影のように藤堂に仕えているのだな、とある意味感心して見ていた僕の耳に、藤堂の低い声が響いた。

「テロリストの仲間になった本当の動機は、百合、お前とこの先もずっとかかわっていたかったからだそうだ」

「……え……？」

僕にとっても予想外だったが、百合もまたそうだったらしい。考えてもいなかった言葉を告げられ、啞然とした顔になった彼に藤堂は、相変わらず淡々とした声音で言葉を続けていった。

「片目の視力を失ってはＳＰを続けることはできない。復帰した百合のバディではいられない……それが吉永の警察を辞めた理由だった。バディでいることが不可能であるのなら、どうしたらいいのか。テロリストの仲間になれば、百合と繋がっていられる。今度はバディとしてではなく、敵味方として」

「そんな……」

「そりゃ……」

姫宮と星野が、信じられない、というような顔でそれぞれに呟く。百合は、と彼を見ると、やはり同じく呆然とした顔をしていた。

「その動機はこの先喋るつもりはないと言っていた。お前に迷惑をかけたくないからだそうだ」

藤堂はそう言うとテーブルからワインを取り上げ一気に呷った。僕もなんだか飲まずにはいられなくて一気に飲み干す。姫宮も、そして星野も同じく一気にグラスを空けていたが、百合だけはまだ呆然と一点を見つめていた。

「お前が罪悪感を覚える必要はない」

藤堂がそう言い、百合を見る。

「…………」

百合が顔を上げ、何かを言おうとした。それより前に藤堂が彼に向かい、口を開いていた。

「哀しいと思うことまでは止《と》めない。私も哀しいからな」

「ああ、哀しいよ。やりきれないよな」

百合はそう言ったかと思うと、グラスのワインを一気に呷った。空になったグラスに藤堂がどばどばとワインを注ぐ。

気づけば百合の目も、そして藤堂の瞳も酷く潤んでいた。

「あたしも飲む！」

高い声を上げた姫宮の目も、彼にワインを注ぐ星野の目にも涙が光っている。

こうも温かな仲間たちだからこそ――その中でも固い絆で結ばれていた百合だからこそ、彼らと、そして百合とまったく関係がなくなってしまうという喪失感に吉永は耐えられなかったのだろう。

再び固い絆を結ぶには、敵になるしかない。そう思ってしまった吉永の気持ちは、僕もわかる気がした。

「飲もうぜ」

百合が藤堂のグラスにどばどばとワインを注ぎ、無理やりにグラスを合わせていく。

「ああ、飲もう」

藤堂もまた百合にグラスをぶつけ、一気にそれを空けた。

それから僕たちはお互いのグラスが空になるのを待たずにワインを注ぎ続け、一人一本どころではない量を飲み干していった。

僕はあまり酒に強くないので、途中で寝てしまったのだが、ふと目覚めたとき店内は静かになっていて、僕以外に姫宮や星野も撃沈しているようだった。

「……なあ……」

そんな中、二つのシルエットだけがワインを酌み交わしている。誰だ、と閉じそうになる目をこらして見ると、藤堂と百合だった。

声をかけたのは百合で、藤堂がそれに「なんだ」と答える。

「昨夜、罠を張られたこと、雪也は気づいてたんだろうな」

「…………」

百合の言葉に僕は一気に覚醒《かくせい》し、あ、と声を上げそうになった。あの場にいたテロリストが吉永一人であったことに僕は違和感を覚えていたのだが、はじめから捕まるつもりであったのなら一人で来たのも頷けた。

違う、捕まるつもりだったのではない——百合の頭に銃口を向けてきた吉永の姿が僕の脳裏に蘇る。

SPであった吉永は百合が防弾チョッキを着用していることを知っている。だからこそ防御されていない頭を狙ったのだ。百合を殺して自分も死ぬつもりだったのだろう、という僕の推測はそう外れてはいないと思う。

藤堂は少し考えるようにして黙ったあと、ぽつりと、

「そうだな」

と呟き、ワインを呷った。それにしてもこの二人、どれだけ飲むのだ、とそのことにも感心していた僕の耳に、酷く震えている百合の声が響いた。

「……一昨日、何度もあいつの携帯に電話をした。留守電になるばかりで出てはもらえなかった。自宅にも行ってみたが会ってはくれなかった。だが、本当ならもっと前に俺がそうしてればよかったんだよな。捜そうと思えばあいつの居所は捜せたはずだ。なのに俺はそれをしなかった。仕事で繋がってなくても、友人として一生付き合っていけばいいとあいつに言ってやればよかったのに……どうして俺は……」

「その間お前は瀕死の重傷を負い、入院していた。そのあとはリハビリに時間をとられ他に目を向ける余裕がなかった。物理的にできなかったのだから、お前が罪悪感を覚える必要はない。それを悔いねばならないのは……私だ」

低い——どこまでも低い藤堂の声が百合の声を遮る。

「……あいつに俺がしてやれたのは……手錠をかけたことだけだ」

その声を遮る百合の震えた声がしたと同時に、かたん、とグラスがテーブルに置かれた音が響いた。

「……それは一番吉永が望んでいたことだと思う」

藤堂がそう言い、また百合のグラスにワインを注ぐ。

「もう、飲めねえよ」

苦笑しながらもグラスを空ける百合と、

「弱くなったじゃないか」

と笑い、自身もグラスのワインを呷る藤堂の姿に、酷く胸を熱くしてしまいながら、僕は再び眠りの世界へと引き込まれていった。

「おい、大丈夫か？」

ぺしぺしと頬を叩かれたことはなんとなく覚えている。

「俺が連れて帰るわ。なんたってバディだから」

百合がそんなことを言っていた覚えもなんとなくあるが、すべては夢の中、という感じで、はっきりした記憶はなかった。

車の振動を感じた気もするし、抱き上げられた気もする。どさ、と落とされたベッドの、シーツの感触が頬に気持ちいい——と思った次の瞬間、しゅるりとネクタイが解かれ、シャツのボタンが順番に外されていくのをおぼろげながら察した。

「……え……？」

何が起こっているのだ、と薄目を開けようとしたとき、唇に温かな感触を得た。強く吸い上げてくるこの感触は他人の唇としか思えず、はっとして目を開けた瞬間、焦点が合わないほど近くにあるその顔が百合のものだとわかり、びっくりしたあまりに僕は両手で彼の胸を押しやっていた。

「………」

百合が一瞬唇を離し、僕を見下ろしたあとに再び覆い被さってくる。彼の手がボタンを外したシャツの間から裸の胸を這《は》い乳首を掌で擦り上げた。ぞわ、とした感覚が背筋を上り、思わず変な声が上がりそうになる。その唇を再び百合の唇が塞いできたとき、僕の胸にやりきれないとしかいいようのない思いが芽生えた。

「やめてください……っ」

またも百合の胸を押しやり、顔を背ける。百合がすっと身体を起こし、僕を見下ろしてきた。彼の潤んだ瞳を見上げる僕の胸に、やりきれない思いが広がっていく。

百合がなんで僕にキスをしたり、身体を触ったりするのか。また彼は僕を誰かと勘違いしているのか。それともやりきれない思いをぶつけるための行為なのか。

身代わりだとしても八つ当たりだとしても、やるせないことにかわりはなかった。それで百合の気が済むのなら、という思いもないではなかったが、それではあまりに自分がなんというか——惨めな気がした。

「嫌か?」

堪らず目を逸らせ、両手で顔を覆った僕の耳に、遠慮がちな百合の声が響く。あまり酔っているようではないその声を聞いたそのとき、僕の中で何かが弾《はじ》けた。

「嫌に決まってます。僕は誰の身代わりなんですか? 吉永さんですか? 他人の代わりにこんなことされるなんて、僕は……僕はやっぱり……っ」

「ちょ、ちょっと待て。なんでここに雪也が出てくるんだ?」

途端に百合の、素っ頓狂なくらいの大声が頭の上で響いたと思った次の瞬間、彼の手が伸びてきて顔を覆っていた僕の両手首を掴んだかと思うと、強引に顔から両手を引き剝がされてしまった。

「やめてください……っ」

彼の手を振り払い、再び顔を覆おうとした両手をまた百合に取られる。

「俺の話を聞けよ。どうして身代わりなんて思うんだ? もしかしてこの間もそう思ったのか? だから黙って帰ったのか?」

「……え……?」

立て続けに発せられる質問の意味がよくわからない。とにかく今、百合は酔って我を忘れている状態ではないことと、僕の言った『身代わり』という言葉に酷く反発してることだけはわかった。

「……あの……？」

最初から説明してほしい、それが僕の希望だった。どうして今、僕は彼の寝室で裸に剝かれようとしていたのか。キスをされ、胸を弄られていたのか。身代わりじゃないというのなら、なぜそんなことをしたのかその理由を、と問おうとした僕の前で、百合が酷く困った顔になったかと思うと、ぼそりとこう呟いた。

「……あのな、俺はお前が好きなんだ」

「え？」

言葉の意味がストレートに脳に伝わってこない。だが問い返した途端僕の頭の中では、『好き』という単語がその意味と共にものすごい勢いで巡り始めた。

「ええ？」

聞き違いとしか思えなかったために問い返した僕に、バツの悪そうな顔で百合がぼそぼそと言葉を続ける。

「お前は怒るかもしれないが、初対面のときから可愛いなと思ってたんだよ。可愛いっていっても馬鹿にしてるわけじゃない。本当に可愛いと思ったんだ。顔だけじゃないぞ。顔だって勿論可愛いが、性格の可愛さにやられた。一生懸命なところとか、意地っ張りなところとか、責任感の強いところとか、発言の一つ一つ、行動の一つ一つが可愛くてな」

「……そんな……」

『可愛い』というのが僕の嫌いな単語だと伝わっているからだろう、言葉を選ぶように百合がとつとつと告白を続ける。

「飲んだくれてる俺のところにお前が来てくれたのが嬉しかった。それを伝えようとしたのに、あのときは飲みすぎてしまったせいで、言葉よりも先に行動に出てしまった。愛《いと》しい想いを抑えられなかったんだ。朝、起きてお前が部屋にいないことがわかったときには猛省したよ。ちゃんと想いを伝えてから行動に出るべきだったと……」

「……あ、あの……」

そう告げる百合はそれこそ『猛省』している顔をしていた。僕はもう、何がなんだかわからない状態に陥ってしまい、『あの』以外になんの言葉を発することもできなくなっていた。

わからないのではなく、信じられないのだった。百合が僕を好きだと言う。初対面のときから可愛いと思い、この間は酔いで理性を失っていたせいで、行動に出てしまったのだと言う。

そんな馬鹿な、とか、信じられない、としか思えない。でもそれは、『信じたくない』という感情ではなく、どちらかというと『信じていいわけがない』という思いだった。

百合が僕を好きになるわけがない。こんな、失敗ばかりでなんの取り柄もなくて、それこそ意地っ張りで、子供みたいで——自分のマイナス面なら、数えきれないくらいに列挙できる、そんな僕を百合が好きになってくれるはずがない、といつしか俯いたまま首を横に振っていた僕は、百合に両肩を摑まれ、はっとして彼を見やった。

「……俺の気持ちが受け入れられないというのなら、勿論断ってくれてもかまわないんだぜ。この間のことも、今、キスしたことも嫌で堪らなかったというのならもう二度としないと約束する。どうだ？　嫌か？」

「あ、あの……」

じっと僕の瞳を見つめる百合の目は酷く真剣だった。天井の灯《あか》りを受け、きらきらと煌めく瞳に、昨夜の吉永の瞳が重なって見える。

「あの……」

嫌——なわけがなかった。吉永の存在に嫉妬《しっと》したのは、百合を好ましく思っていたその表れに過ぎない。百合にとってのバディが未だに吉永なんじゃないかと思ったとき、自分でも驚くほどに胸の痛みを覚えたのは、僕自身が百合のバディになりたかったためだった。

心と心が通じ合うことが大切だとされるバディ——仕事で信頼されたいという思いも勿論あったが、何より僕は百合と心を通わせたかった。

その思いは多分——ようやく頭と気持ちの整理がついてきた僕に、百合がおずおずと問いかけてくる。

「……さっき、身代わりは嫌だと言ったよな？　身代わりじゃなきゃ、ＯＫだと解釈していいか？」

「……僕は……」

百合はなんとか僕から答えを引き出そうとしてくれている。必死であれこれと問いかけてくれる、その行為に彼の気持ちが表れているのだ、と察したと同時に、僕の口から言葉が零れ落ちていた。

「……僕も……百合さんが好きです」

言った途端に頭にかあっと血が上っていくのがわかった。

好き——そう、僕も百合が好きだったのだ。自分の気持ちを表現する言葉をようやく見つけた、と一人頷いていた僕は、百合に腕を引かれ、彼の胸へと倒れ込んでいった。

「……悠真……」

感極まった百合の声が耳元で響き、背中を力強く抱き締められる。熱い腕の感触を服越しに受ける僕の胸は熱く滾り、気づいたときには両手を百合の背に回し、ぎゅっと抱き締め返していた。

「……駄目だ。もう我慢できない」

耳元で百合が囁いた、次の瞬間僕はそのままベッドに押し倒され、唇を唇で塞がれていた。

「んん……っ」

痛いほどに舌を絡められる激しいキスを与えてきながら、百合の手が僕の服を素早く剝ぎ取っていく。

わけがわからないながらも僕は彼がシャツを脱がそうとするときには手を伸ばし、スラックスを脱がそうとするときにも腰を上げて彼の動きを助けた。

百合は僕をあっという間に全裸に剝くと、

「待ってろ」

と微笑んで身体を起こし、手早く服を脱ぎ捨てていった。

「……あ……」

逞しい胸に残る引き攣《つ》れた傷痕——生死の境を彷徨ったというその傷に目を奪われたあと、僕の視線は彼の下肢へと向かっていた。というのも百合の雄が早くも勃起していたからだ。逞しい雄だった。同性として羨《うらや》まずにはいられない立派な雄を前に、思わずごくり、と唾《つば》を飲み込んだ音が室内に響く。

「……照れるな」

百合が本当に照れた顔になり、雄を手に持つ。まじまじと見てしまったことがはしたなく思えてきて僕はそれから目を逸らし、自分の幼い雄を恥じてそれを両手の下に隠した。

と、その腕を百合が摑み、無理やり前から外させる。そんな意地悪しなくても、とつい、恨みがましい目を向けた僕は、いきなり彼が僕の下肢に顔を埋めてきたのにぎょっとし、

「あのっ?」と呼びかけようとした。

が、熱い口内に雄を含まれては、言葉は喉の奥に吞み込まれ、発せなくなった。百合の手

が僕の竿《さお》を扱き上げ、先端には彼の舌が絡みつく。

「やっ……やめ……っ」

一気に血液がそこへと——百合の口の中にある雄へと注ぎ込まれていく錯覚が僕を襲った。手で、舌で、唇で攻め立てられるそれはどくどくと脈打ち、早くも爆発しそうなほどの熱を集めている。

「やっ……あっ……あぁっ……」

達してしまいそうなのがわかったのか、百合が根元をぎゅっと握り締め射精を阻んだ。盛り上がる先走りの液を音を立てて啜り、先端のくびれた部分をざらりとした舌で執拗《しつよう》に舐り上げる。

「だ……っ……だめです……っ……」

いきたいのにいけない、もどかしさに腰が捩れる。半分浮いた尻《しり》を百合にぎゅっと摑まれ、またも僕の口からあられもない声が漏れた。

「やっ……」

指先が蕾《つぼみ》に触れ、そのまま指の先端がぐっと中へと入ってくる。ひく、と自身の後ろが蠢き、指を更に奥へと導こうとする。思いもかけない自分の身体の動きに動揺するあまり、一瞬素に戻りかけたが、ぐい、と挿入された指で中を抉《えぐ》られながら、前を舌で攻められるうちに、意識は再び快楽の波へと呑み込まれていった。

「やっ……あっ……あぁ……っ」

本当に不思議な感覚だった。指が僕の後ろをかき回し、入口に近いコリッとした部分を圧するたびに、身体がふわっと宙に浮くような感じがする。後ろに入れられた指はいつしか二本となり、次に三本となった。相変わらず全身は火傷しそうなほどの熱に覆われ、しっかりと根元を摑まれている雄は今にも破裂しそうで、先端に次々と盛り上がる先走りの液が竿を伝い流れ落ちていく。

「あっ……」

不意に後ろから指が一気に抜かれたのに、僕のそこは失われた指を求めるかのようにひくひくと激しく収縮し、堪らず僕は腰を捩った。

「……あ……」

両脚をいつの間にか身体を起こしていた百合に抱え上げられ、身体を二つ折りにされる。ひくつく後孔が露わにされたことへの羞恥《しゅうち》から、思わず顔を背けた僕は、そこに熱い塊の感触を得て、はっとし視線を百合へと戻した。

「……挿《い》れてもいいか?」

百合が僕を真っ直ぐに見下ろし、問いかけてくる。

「……う……」

彼の顔から視線を落とすと、今、まさにその太く逞しい雄の先端が僕の後ろに押し当てられていた。

こんな太い立派なものが入るのだろうか——挿れてもいい、とか、嫌、とかいう以前にその疑問が生じ、言葉に詰まった僕を、百合が切なそうに見下ろしてくる。

「……嫌か?」

「……嫌じゃなくて……」

入るのかな、と思っただけだ、と伝えると、百合はほっとした顔になり、「大丈夫」と微笑みかけてきた。

「力を抜いているといい」

そう言ったかと思うと彼は僕の両脚を抱え直し、ぐっと腰を進めてきた。

「……っ」

指とは比べものにならない質感に、う、と息が詰まる。おかげで身体に力が入ってしまい、ものすごい違和感に襲われることとなった。

「大丈夫だ。力を抜いて」

さあ、と言われても、一旦強張ってしまった身体からなかなか緊張が解《ほぐ》れていってくれない。頑張って力を抜こうとすればするほど逆に力が入ってしまい、更に僕を焦らせる。どうしよう、どうしたらいいんだ、とほとんどパニック状態に陥っていた僕の頭の上で、くす、と百合が苦笑する声が響いた。

「……ご、ごめんなさい……」

情けない。自分の身体すら満足にコントロールできないなんて、と、悔しさから泣きそうになっていた僕に百合は、「謝るなよ」と笑うと、片脚を離し、その手で萎えかけていた僕の雄をゆっくりと扱き上げ始めた。

「……ん……っ……」

ぞわ、とした感覚が下肢を覆ったのと同時に、ふわ、と身体から強張りが解けていったのがわかった。百合もまたそれを感じたようで、ぐっと腰を進めながら、また、ゆっくりと雄を扱き上げてくる。

「や……っ……あ……っ……」

再び雄がどくどくと脈打ち、身体に熱が戻ってきた。少しずつ、少しずつ腰を進めてきた百合が僕の雄を離し、改めて両脚を抱え上げたとき、僕たちの下肢はぴたりと重なり、ようやく百合の雄が僕の中にすべて収まったことを僕は悟ったのだった。

太い楔《くさび》を打ち込まれたような、なんともいえない感覚だった。苦痛はない。ただ、百合が僕の中にいるのだと思うと、たまらない気持ちが込み上げてきた。

「……動いていいか？」

少し切羽詰った百合の声が響く。顔を見上げると百合は、にこ、と微笑みかけてくれた。その笑顔を見るとまた堪らない気持ちが増し、涙が零れそうになる。今、泣いたら辛《つら》いと誤解されてしまうかもしれない、と僕は慌てて涙を呑み込むと、うん、と彼に頷いてみせた。

百合もまた、うん、と頷いたあと、僕の両脚を抱え直しゆっくりと腰を動かし始めた。ゆるやかな動きがやがて、二人の下肢がぶつかり合うときにパンパンと高い音が立つほどの激しい律動へと変じていく。彼の逞しい雄が抜き差しされるたびに、亀頭で内壁が擦られ、火傷しそうなほどの熱を生じてはそれを肌へと伝えていった。

「あっ……あぁっ……あっあっあっ」

またも得たことのない感覚に、僕はすっかり翻弄されてしまっていた。セックスの快感は射精の瞬間のみだと思い込んでいたが、百合に突き上げられるたびに頭の中で極彩色の花火が上がる、この延々と続く感覚こそが『快感』なのだと、僕は初めて悟ったのだった。

「あぁっ……もうっ……もうっ……あーっ」

絶頂感が途切れることなく続いていく。あまりによすぎて、頭も身体もおかしくなってしまう、という思いから僕は、いつしかいやいやをするように激しく首を横に振っていた。

「……いきたいか？」

頭の上で響く百合の声に、うんうん、と今度は首を勢いよく縦に振ったのは、ほとんど無意識の所作だった。くす、という笑いが響いたのに、赤裸々すぎる自身の意思表示に顔を赤らめかけたそのとき、腿から離れた百合の手が僕の雄を握り、一気に扱き上げてきた。

「アーッ」

直接的な刺激に耐えられず僕は達し、二人の腹の間にこれでもかというほどの精を放っていた。

「くっ」

射精を受け、後ろが壊れてしまったのではないかというくらいに激しく収縮する。締め上げるその感覚に百合もまた達したようで、低く声を漏らすと僕の上へとゆっくりと覆い被さってきた。

「……大丈夫か？」

僕を案じてくれる掠れたその声があまりにもセクシーで、酷くどぎまぎしてしまう。それで返事が遅れただけなのに、百合は僕が大丈夫ではないと思ったらしく、慌てた様子で再び問いかけてきた。

「大丈夫か？　辛いか？」

「大丈夫です……」

辛くはなかった。気持ちよかった、と伝えたくて僕は、両手で百合の背中をぎゅっと抱き締めてみた。

「……悠真……」

百合は一瞬驚いたように目を見開いたが、やがてふっと微笑むと、唇で僕の唇を塞いできた。

「ん……」

きっと今、僕たちの心は通じ合っている——愛しいと思う気持ちが抱き合う胸から胸へとダイレクトに伝わってくる。

心も身体も一つになれた。その喜びに僕の胸は熱く滾り、目には涙が滲んできた。

先ほどは堪えた涙だけれど、今ならたとえ流したとしても、これが幸せの涙だと百合にはちゃんと伝わるだろう。

だって二人の気持ちはしっかり繋がっているのだから、と思いながら僕は百合の背をしっかりと抱き締め、同じくしっかりと僕を抱き締め返してくれる彼との濃厚なキスに酔った。


結局そのあと、僕たちはまた抱き合って、二度、三度と絶頂を極め、最後僕は意識を失うようにして百合の胸に倒れ込んだ。

「大丈夫か」

百合に介抱され、意識を取り戻したときには朝方近くなっていて、もう寝る時間がない、と二人顔を見合わせ苦笑した。

「明日は……ああ、もう今日か。内勤でよかったな」

少しでも寝よう、と百合が僕の身体を抱き直し、二人してベッドに横たわる。

「……なあ」

うつらうつらしかけたとき、百合が声をかけてきた。

「はい？」

眠りの世界に片足を突っ込んでいた僕は半分寝ぼけながら片目を開け百合を見上げる。

「……誤解のないように言っておくが、雪也とはこんなこと、しなかったからな」

「………」

いきなり何を言い出したのか、と驚いたせいで僕は完全に目醒め、思わずまじまじと百合を見上げた。

「いや、お前が誤解しているみたいだったからさ」

百合が気まずそうな顔で頭を掻いたあと、僕を逞しいその胸へと抱き寄せる。確かに僕は百合と吉永の間に友情以上のものがあったのではないかと思っていた。だからこそ吉永の代わりに抱かれたのではないかと誤解してしまったわけだが、と思いながら百合の顔をまた見上げると、百合は僕の背を抱きながら、ぽつぽつと言葉を選ぶようにして話を再開した。

「確かに雪也は、互いに命を預け合うことができる最高のバディだった。親友でもあったが、俺たち二人の間に恋愛感情はなかったよ」

「……そうですか……」

百合は僕の誤解を解きたくて言い出したのだろうが、彼の話を聞くうちに、僕の胸には新たな嫉妬が芽生えてきてしまっていた。

「……羨ましいです。最高のバディなんて……」

その思いがぽろ、と口をついて出る。たとえ恋愛関係にはなかったにせよ、命を預け合うことのできる『最高の』バディだ、という言葉は聞きたくなかった。

口に出してしまってから、自分の心の狭さを露呈する発言だったと気づき、ああ、と自己嫌悪に陥る。百合はどう思っただろう、とそれが気になり、恐る恐る見上げると、ちょうど僕を見下ろしていた彼と目が合った。

「なあ」

「はい？」

にや、と百合が笑い、問いかけてくる。

「最高のバディと最高の恋人、悠真はどっちになりたいんだ？」

「両方です！」

またも僕の口から、ぽろりと本音が漏れた。

「……あ……」

やっぱり寝ぼけてるんだろうか。どっちもだなんて、欲張りといおうか、実力もないのに分不相応といおうか、百合に呆れられてしまう、と更に自己嫌悪に陥りそうになっていた僕の身体を百合はぎゅっと抱き締めると、ニッと笑いかけてきた。

「俺もだ」

「百合さん……」

「なろうぜ。最高のバディ、そして最高の恋人に」

な、と百合が微笑み、僕に唇を寄せてくる。

「はい！」

答えと同時に百合が僕の唇を塞ぎ、きつく背を抱き締めてくる。なろう、と言ってくれた百合のためにも、彼の最高のバディ、そして最高の恋人として恥ずかしくない仕事ができるようになってやる、と強い決意を胸に僕も彼の背をしっかりと抱き締め返したのだった。

あとがき

はじめまして&こんにちは。愁堂れなです。このたびは六冊目のシャレード文庫となりました『バディ—相棒—』をお手に取ってくださり、どうもありがとうございました。

イラストの明神翼先生、本当に素敵な二人をありがとうございます！　キャララフの百合の眼力にハートを射貫かれました。次作でもどうぞよろしくお願い申し上げます。

また担当様を始め本書制作に携わってくださいましたすべての皆様にも御礼申し上げます。

夏前に本書のリンク作を発行していただける予定です。悠真の配属の秘密などもそちらで書かせていただきたいなと思っています。カップリングは……さて、誰と誰でしょう（笑）？　よろしかったらどうぞお手に取ってみてくださいね。

とても楽しみながら書かせていただきましたこの本が、皆様にも楽しんでいただけているといいなとお祈りしています。

平成二十二年三月吉日　　　　愁堂れな

本作品は書き下ろしです

愁堂れな先生、明神翼先生へのお便り、
本作品に関するご意見、ご感想などは
〒101-8405
東京都千代田区三崎町2-18-11
二見書房　シャレード文庫
「バディ―相棒―」係まで。

CHARADE BUNKO

バディ―相棒《あいぼう》―

【著者】愁堂《しゅうどう》れな

【発行所】株式会社二見書房
東京都千代田区三崎町2-18-11
電話　03(3515)2311［営業］
　　　03(3515)2314［編集］
振替　00170-4-2639
【印刷】株式会社堀内印刷所
【製本】ナショナル製本協同組合

落丁・乱丁本はお取り替えいたします。
定価は、カバーに表示してあります。

©Rena Shuhdoh 2010,Printed In Japan

ISBN978-4-576-10050-0

http://charade.futami.co.jp/

スタイリッシュ＆スウィートな男たちの恋満載

シャレード文庫最新刊

CHARADE BUNKO

お前の愛を私に見せて……感じさせてほしい

バディ—主従—

愁堂れな 著　イラスト＝明神 翼

警視庁警備部警護課で、最も優秀であるとの呼び声高いSP・藤堂祐一郎と、同じくSPの篠諒介は代々、主従関係にある家柄で、仕事以外も常に行動を共にしている。ある夜、酔い潰れた藤堂を寝室へと運んだ篠は、唇にキスを……。篠を問い詰めた藤堂は、好きなら抱けばいいと煽ってしまい——。

CHARADE BUNKO

スタイリッシュ&スウィートな男たちの恋満載
愁堂 れなの本

神部と佳樹で、僕をいっぱいにしてほしい……

3P ～スリーパーソンズ～

イラスト＝大和名瀬

メーカー勤務の姫川は大学卒業以来、検事の神部と総合商社に勤める佳樹の愛を一身に受ける日々だが…。

年下強引男に振り回されるエリート課長の運命は!?

何がなんだか～エリート課長《オヤジ》の受難～

イラスト＝徳丸佳貴

秘書課長の安藤は、バーで揉めた男に押し倒される。翌日、なんとその男・神崎が秘書部に配属されてきて…。

愛欲入り乱れる三角関係オフィスラブ決定版!

傲慢な彼ら

イラスト＝甲田イリヤ

三年間、身も心も捧げ続けた課長の手ひどい裏切りを知った夜、恵は同僚の菊池に抱かれてしまうが…。

CHARADE BUNKO

スタイリッシュ&スウィートな男たちの恋満載

愁堂 れなの本

北の海で巻き起こる、恋とマグロの大波乱!!

北の漁場

初めてのアタリに大苦戦していたマグロ漁初心者のエンを助けてくれたのは、伝説の漁師・秋山だった。寡黙で凄腕の彼に、やがてエンは漁師として、男として惹かれてゆくのだが…。

イラスト＝山田ユギ

恋とマグロの大波乱、オール書き下ろしで再登場!!

北の情炎

伝説のマグロ漁師・秋山に師事し、私生活では彼の恋人である新米漁師のエンはこの上ない幸せを感じていた。そんなエンの前に、かつて薬で縛り愛人生活を強いたヤクザの井上が現れ…。

イラスト＝山田ユギ